Niet verliefd

Lees ook uit de serie *Best Friends Forever*:
Joke Reijnders – *De rol van je dromen*

http://bfforeverxx.hyves.nl
www.wiekevanoordt.com

Wieke van Oordt

~~Niet~~ verliefd

Met tekeningen van Jeska Verstegen

Best Friends Forever

Leopold / Amsterdam

Eerste druk 2011
© 2011 tekst: Wieke van Oordt
© 2011 omslag en illustraties: Jeska Verstegen
Omslagontwerp: Petra Gerritsen
Boekverzorging: Studio Bos
Uitgeverij Leopold, Amsterdam / www.leopold.nl
ISBN 978 90 258 5933 6 / NUR 283

MIX
Papier van
verantwoorde herkomst
FSC
www.fsc.org   FSC® C004472

Uitgeverij Leopold drukt haar boeken op papier met het
FSC®-keurmerk. Zo helpen we waardevolle oerbossen te
behouden.

INHOUD

Wacht. Wat?

Silvi vouwt het papiertje in haar hand glad. 'Invullen en doorgeven,' had Juul gesist. *Geheim* staat er bovenaan. *Op wie ben je?* En daaronder een rij namen, links de jongens, rechts de meisjes. Ze ziet het meteen: Juul en Bo komen het meest voor in de lijstjes. Silvi laat haar pen even boven het papier zweven. Ze gaat echt niet Bo's naam opschrijven, straks herkent iemand misschien haar handschrift. Misschien als ze met links... trouwens, nee, ze doet het niet, ze is niet verliefd. Toch?

Dat stomme gedoe met die rijtjes ook altijd. Echt weer iets voor Juul, want die is ermee begonnen. Ze doet of ze iets opschrijft, vouwt het papier dubbel en gooit het snel op een tafel in het groepje achter haar. Dan vouwt ze haar handen onder haar hoofd en staart door de klas. Gek hoe dingen niet meer opvallen als je ze elke dag ziet. Silvi kijkt naar het ronde, groene stukje karton naast de deur van de klas. Het hangt aan een rafelig stukje touw en dat touw zit weer om een spijker heen geknoopt. Groen. Er mag dus iemand van de klas naar de wc. Wel even het bordje omdraaien, zodat het dan op rood komt te staan. Dan weet de rest dat er al iemand is gaan plassen en dat je dus even moet wachten tot de volgende aan de beurt is. Silvi maakt even een snurkend geluid. Zoiets kunnen ze alleen op school bedenken. Alsof mensen thuis ook een stoplicht nodig hebben om te regelen wie er naar de wc gaat. Ze ziet het al voor zich: een groen karton in hun huiskamer naast de bank. Hoewel, het zou eigenlijk wel handig zijn, want Chris staat altijd aan de deurknop te trekken als zij nèt op de bril wil gaan zitten. Het is of die jongen gewoon staat te wachten om een hoekje in de gang tot ze moest plassen. Maar Chris zou het stoplicht natuurlijk weer verkeerd gebruiken of het de hele dag op rood laten staan. En in mama's huis zou het nog wel goed kunnen gaan, maar *no way* in papa's huis. Hm, toch niet zo'n goed idee.

'Silvi?'

O shit. Waarom kijkt iedereen haar aan? Ze moet echt eens proberen om niet zo weg te dromen. Maar het gaat vanzelf. Zouden anderen dat ook hebben, dat je gedachten lijken weg te vliegen terwijl je je eigenlijk probeert te concentreren op...

'Silvi! Ja of nee?'

Laat ze maar een beetje vragend 'ja' zeggen.

'Ja juf...?'

'Goed zo! Dan ben jij vrijwilliger.'

Vrijwilliger? Dat klinkt niet goed. Silvi draait zich opzij en kijkt haar buurmeisje aan terwijl ze één wenkbrauw omhoog trekt.

'Aniek, vrijwilliger waarvoor?' fluistert ze. Het meisje naast haar giechelt.

'De juf vroeg of jij in de projectweek een extra taak wilde doen,' fluistert Aniek terug. 'En jij hebt net "ja" gezegd.'

Silvi bonkt met haar rug tegen de stoelleuning. De projectweek. Staat vandaag boven aan haar lijst met minpunten. Toen de juf vorige week vertelde wat dit jaar het onderwerp zou zijn, had de hele klas gejoeld. Middeleeuwen!

'Saai!' had Bo gelijk geroepen, wat hem meteen een woeste blik van juf Els opleverde.

'Helemaal niet. We gaan allemaal leuke en spannende dingen doen. Jullie worden ingedeeld in een nieuw groepje waar je de hele week mee samenwerkt. We gaan bekijken wat ze aten in de middeleeuwen, in wat voor huizen ze leefden en wat ze droegen.'

Juul stak haar vinger op. 'Zoals van die lange jurken?'

'Ja, precies. En aan het einde van de week sluiten we af met een middeleeuws eetfeest en een middeleeuwse modeshow. En... we gaan donderdag naar een echt kasteel.'

'De hele dag?' Dat was Juul natuurlijk weer.

'Ja.'

En toen had de klas nog harder gejoeld. Maar nu omdat het ze opeens toch wel leuk leek. Behalve Silvi.

Vijf dagen niet de gewone lessen. Vijf dagen dus niet even kunnen afdwalen. En thuis komt er van dagdromen tegenwoordig ook al niks meer. Niet sinds ze in twee huizen woont.

Vorig jaar hadden ze 'Sport' als thema gehad. Ze herinnert zich nog een week vol rennen en extra gymmen. En op vrijdagmiddag waren bij de afsluiting haar ouders allebei gekomen. Ze hadden van die zogenaamd vrolijke gesprekken gevoerd met andere ouders. Maar Silvi had echt wel gezien hoe ze met elkaar ruzie stonden te maken in de gang. Daarna was alles langzaam fout gegaan.

Silvi duwt haar armen strakker over elkaar. Dit jaar gaat ze ervoor zorgen dat ze niet allebei komen. Geen ruzie, dus Het Gesprek zal vrijdagavond goed aflopen. Ze móét echt proberen beter te blijven opletten, dan raakt ze niet zo snel in de problemen.

'Maar ik wíl helemaal niks extra's doen,' fluistert Silvi naar Aniek.

'Dan had je "nee" moeten zeggen.'

'Wist ik veel wat ze vroeg! Ik zat niet op te letten, geloof ik.'

'Echt waar?' Aniek knipoogt. 'Jeetje, wat een verrassing.'

'Meiden, kan het ook achterin stil zijn?' zegt juf Els.

'Ja juf,' zegt Aniek. Silvi knikt kort.

Tijdens de pauze leunt Silvi naast Aniek tegen de muur op het plein.

'Met wie denk je dat je in een groepje komt? Na de pauze deelt juf Els ons in.'

'Weet ik veel. Maar vast met niemand die ik leuk vind.' Silvi breekt een stukje van haar plak ontbijtkoek af en geeft het aan Aniek. Ze krijgt voor in de kleine pauze bijna altijd ontbijtkoek mee. Als ze bij haar vader is, mag ze tenminste zelf weten wat ze meeneemt. Een sultana! Of nee, zo'n chocoladerijstwafel. Of een gevulde koek. Merkt haar vader toch niet.

'Hmm, lekker. Wil jij de helft van mijn appel?' vraagt Aniek.

'Ja, geef maar.' Silvi bijt in de appel en leunt tegen de muur. Op het plein rennen kinderen door elkaar.

'Oké, met wie zou je in een groepje wíllen?' vraagt Aniek.

'Met jou natuurlijk.'

'En ik met jou. En met wie verder?'

'Weet niet.'

'Met welk meisje?'

'Esther of zo.'

'En met welke jongen? Juf Els maakt natuurlijk niet alleen maar meidengroepen. Of jongensgroepen. We moeten met iedereen leren...'

'... sámenwerken!' valt Silvi bij. Ze kijken elkaar aan en Aniek trekt een gezicht alsof ze net door afval heeft liggen rollen.

'Hoe vaak ze dat al niet gezegd heeft,' verzucht Aniek. 'En waarom horen we trouwens vandaag pas in welk groepje we zitten? De projectweek begint zo.

Dat had juf Els toch vorige week al wel even kunnen vertellen.'

'Doet ze expres.'

'Waarom dan?'

'Zodat we niet kunnen gaan klagen en vragen of we mogen ruilen,' zegt Silvi.

'Hm, ja. Zoals vorig jaar.'

Ze kijken even stil naar de andere kinderen, die voor hen langs rennen. Vorig jaar mochten ze na de herfstvakantie op een briefje schrijven met wie je in je nieuwe groepje wilde. De groepjes wisselen elke paar maanden. Het was een drama geworden. Bijna alle meisjes wilden met Juul in een groepje, bijna alle jongens wilden met Bo.

Silvi zoekt op het plein of ze Juul ergens ziet staan. Ah, daar komt ze net de bocht om. Ze staat op het waveboard van Bo. Bo rent ernaast en geeft tips over hoe je nog sneller bochtjes kan draaien. Juul lacht en Silvi ziet haar lange blonde haren wapperen. Ze voelt iets draaien in haar buik als ze naar Juul en Bo kijkt. Zíj wilde vorig jaar niet met Juul in een groepje. No way. Ze weet echt wel hoe Juul over haar denkt. Juul vindt haar saai. Ze ís ook saai. Ze ziet zichzelf niet zomaar aan Bo vragen of zij op zijn waveboard mag. En of hij haar dan tips wil geven. Maar Juul doet dat gewoon. Die durft alles.

'Silvi, ben je er nog?'

'Hm?'

'Ik vroeg met welke jongen jij in een groepje wil?'

Silvi schuift met haar schoenen over de tegels. 'Weet niet.'

Aniek port haar in haar zij.

'Met Bo!'

'Helemaal niet.'

'Jawel! Dat kun je tegen mij toch wel zeggen?'

Silvi haalt haar schouders op.

Trringg! De pauze is afgelopen. Alle kinderen gaan richting de deur. Silvi ziet vanuit haar ooghoeken hoe Juul even op het waveboard wankelt en er dan van afspringt. Hield Bo nou haar hand vast om te zorgen dat ze niet viel? Silvi gaat op haar tenen staan, maar er staan nu zo veel kinderen om haar heen te dringen en te duwen voor de deur dat ze het niet goed meer kan zien.

In de klas legt juf Els op alle tafels een mapje neer. Er zit een aantal vellen papier in. PROJECTWEEK staat er voorop.

'Hierin staat wat we deze week gaan doen. Ga het eerst maar lezen en daarna gaan we ermee aan het werk. Dan mogen jullie je stoelen verschuiven om bij je projectweek- groepje te gaan zit- ten.'

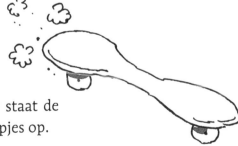

Iedereen grist het eerste blad papier uit het mapje. Daar staat de indeling van de groepjes op.

Silvi gluurt opzij naar Aniek. Die houdt haar vingers gekruist en begint te lezen. Silvi draait zich weer naar haar eigen mapje en slaat het open. Ze bijt op haar onderlip. Dat doet ze altijd als ze zenuwachtig is. Als ze nou maar in een leuk groepje zit! *Please, please, please.* Haar ogen schieten heen en weer over de regels. Waar staat haar naam? Is de juf soms vergeten om haar, o... Ze ziet het al. Daar staat het.

Silvi, Tijn, Juul en Bo.

Ze sluit haar ogen en kreunt.

Tijn, Juul en Bó!

Ze kijkt gauw de klas rond. Daar zit Juul, met haar linkerhand zwaait ze haar lange lokken naar achteren. Juul buigt zich pratend naar het meisje dat naast haar zit. Zeker om te klagen dat ze bij Silvi in het groepje zit. Of nee, misschien vindt ze dat juist wel te gek. Dan heeft ze Bo tenminste voor zichzelf.

En daar zit Tijn. Hij duwt zijn bril strakker op zijn neus. Zelfs vanaf haar eigen stoel ziet Silvi rode vlekken in zijn hals. Ze buigt zich diep voorover. Naar Bo durft ze niet eens te kijken.

Hoe komt de juf erbij! Tegen Juul wíl ze niks zeggen, tegen Bo dúrft ze niks te zeggen en tegen Tijn hééft ze niks te zeggen. En ze doet nog liever de CITO dan de hele week naar het gefladder van Juul rond Bo te moeten kijken.

'Schuif eens op.' Met een ruk kijkt Silvi omhoog. Bo staat naast haar.

'Huh?'

'Schuif eens op. We moesten toch in ons nieuwe groepje gaan zitten. Nou dan.' Dan ziet ze dat hij zijn stoel in zijn handen heeft.

'O ja. Tuurlijk.' Ze duwt haar eigen stoel een stukje opzij. Bo gaat naast haar zitten. Over zijn hoofd heen ziet ze Aniek opstaan en haar duim naar haar opsteken.

'Succes,' vormen haar lippen en ze knipoogt.

Silvi trekt haar wenkbrauwen naar elkaar toe. 'Hou je mond,' sist ze.

'Wat?' Bo kijkt haar vragend aan.

'Wat? O eh, nee niks. Ik zei iets tegen...' Silvi wijst naar achteren. 'Laat maar.'

'O.'

Silvi voelt haar wangen opwarmen. Wat een begin! Bo zit nog geen halve minuut naast haar of ze zit al als een idioot te stamelen. Bedankt hersens.

'Sorry, maar mag ik er ook bij?' Het is Tijn.

'Dat hoef je toch niet te vragen. Ga gewoon zitten,' zegt Bo kortaf.

'Sorry.'

Bo rolt met zijn ogen. Tijn schuift aan en gaat zitten. Van dichtbij ziet Silvi de vlekken in zijn hals nog wat roder worden.

'Hé,' hoort ze naast zich. Juul.

'Hé!' zegt Bo. 'Kom erbij.'

'Ja, schuif eens een stukje naar links, Silvi.' Juul propt haar stoel tussen Silvi en Bo in.

'Leuk hè, de projectweek,' zegt Tijn. 'Ik heb er enorme zin in.'

Bo proest.

'Enorme zin in? Wie zegt dat nou? Maar dat we naar een kasteel gaan wordt wel vet, denk ik.'

Silvi ziet hem even naar Juul kijken.

'Ja,' valt Juul bij. 'Echt vet.'

Silvi kijkt op haar tafel. Ze zal blij zijn als ze aan het einde van de week nog een onderlip over heeft. Deze dag kan niet erger.

'Zoals jullie hebben gelezen gaan we allemaal leuke en interessante dingen doen,' hoort ze juf Els zeggen. 'Als afsluiting houden we op vrijdag in de grote zaal een modeshow van alles wat we gemaakt hebben. Alle ouders mogen komen en er komt ook een fotograaf en een journalist, want de lokale krant gaat een artikel over de projectweek schrijven. Leuk hè!'

Silvi schudt nauwelijks merkbaar haar hoofd. Leuk? Vakantie. Dat is leuk. Bananenijs eten. Dat is leuk. Maar een fotograaf en een journalist die naar je gaan zitten kijken bij een schoolproject? Niet leuk.

De juf pakt een papier van haar bureau.

'Goed, eens even zien. Hier heb ik de groepstaken. Elk groepje is verantwoordelijk voor een onderdeel van de projectweek. De excursie bijvoorbeeld of het eten, de kleren maken of de modeshow. Het groepje van Bo, Juul, Tijn en Silvi regelt de modeshow. Jullie mogen met z'n vieren bedenken hoe je dat gaat aanpakken. Silvi, jij wou een extra taak, dus jij presenteert de modeshow.'

Wacht. *Wat?* Silvi voelt haar ogen drie keer groter worden dan ze zijn. Ze heeft zich vergist. Deze dag kon dus nóg erger.

Niet verliefd

Silvi kijkt naar beneden en ziet dan pas dat haar vingers zo hard een pen omklemmen, dat haar knokkels er wit van zijn. Voorzichtig laat ze de ballpoint uit haar hand glijden. Gelukkig hoeven ze in groep 8 niet meer de hele tijd met een vulpen... ah gatver, komt er uit zo'n Bic ook al inkt? Ze blaast haar adem uit en voelt de eerste paniekgolf wegzakken.

Terwijl ze met een half oor juf Els hoort praten, iets over die suffe middeleeuwen, probeert ze zichzelf moed in te denken. Ze moet niet altijd zo overdreven reageren. Dit kan ze heus wel, kom op zeg en hoe moeilijk kan het trouwens zijn? Ze heeft toch ook vaak zat spreekbeurten moeten houden en dat kon ze ook. En dit is zo'n beetje hetzelfde... wedden?

Maar dan dus op een podium.

En door een microfoon.

Terwijl een volle zaal naar haar kijkt en luistert.

Silvi bijt op haar onderlip.

'Wow,' hoort ze Juul naast zich zeggen. Silvi kijkt opzij, recht in Juuls ogen. Wow? Wow, balen dat je de modeshow moet presenteren of wow, vet?

18

'Vet, zeg. Ik wou dat ik de modeshow mocht presenteren.' Natuurlijk. Ze had het kunnen weten.

'Ja.' Silvi ziet Bo meekijken aan haar rechterkant. Die denkt vast dat ze het niet durft of zo.

Juul gooit haar potlood op haar tafel. 'En waarom jij?' vraagt ze kortaf.

'Omdat ze vrijwillig om extra taken tijdens de projectweek vroeg,' zegt Tijn. 'Weet je nog? En dat werd beloond.' Silvi ziet dat Tijn met een glimlach naar haar knikt. In gedachten gooit ze een boek naar zijn hoofd. Hij zit haar te verdedigen tegenover Juul! Geweldig. Gaat de rest van de week nou ook de nerd van de klas haar beschermen?

Juul houdt haar hoofd schuin. 'Heb je er geen zin in, Silvi? Vind je het soms niet leuk om de show te moeten presenteren?'

'Ik eh, hoezo?'

'Je kijkt helemaal niet blij.'

'O ja?' *Dat is waarschijnlijk omdat ik vijf dagen met jou in een groepje moet zitten.* 'Nee hoor.' Silvi trekt haar lippen in een halve boog omhoog. Kijkt ze echt zo chagrijnig?

'Anders zeg je toch gewoon tegen juf Els dat je het niet wilt doen? Ik wil het wel doen.'

Het klinkt even heel verleidelijk wat Juul voorstelt. Naar de juf gaan en zeggen dat ze toch maar liever niet deze extra taak wil. Misschien een andere, maar niet deze. Nee, dat vindt ze nóóit goed. Silvi heeft al 'ja' gezegd tegen een extra taak. Onbewust, maar dat telt vast niet mee. En ook al vindt ze het goed, wat zullen de anderen ervan zeggen als Juul opeens de modeshow presenteert? Dat wordt een afgang.

'Eh, nee hoor.' Silvi kijkt op de klok boven de deur. Warm is het hier opeens, ze blaast haar pony omhoog. Nog een uur en dan is de ochtend voorbij. En dan alleen nog maar de maandagmiddag en dan is de eerste dag van de projectweek voorbij. Yes! En dan nog maar vier dagen... shit. Hoe komt ze deze week door?

'Je zit bij Bo!'

'Jeetje, niet zo hard.' Silvi kijkt geschrokken opzij naar Aniek. Ze lopen samen naar huis. 'Moet de hele straat het soms horen?'

Aniek lacht. 'Waarom niet? Volgens mij weet iedereen het toch al zo'n beetje.'

'Wat bedoel je? Wat weet iedereen?'

'Dat jij verliefd bent op Bo.'

Silvi's benen gaan opeens op slot.

'Wat? Doe niet zo stom. En het is ook nog eens helemaal niet waar. Ik ben niet verliefd.'

'Nou, Silvi... kom op, zeg. Zoals jij de hele tijd stiekem naar hem kijkt in de klas...'

'Dat doe ik niet!'

'... en dan rood wordt als hij jouw richting opkijkt.'

Silvi kijkt naar de stoep. Wordt ze echt rood als Bo naar haar kijkt? Het is erger dan ze zelf denkt. Misschien is ze toch verliefd.

'Ik word niet rood,' zegt ze stilletjes. 'Toch?'

Aniek knijpt in haar arm.

'Zo rood als een tomaat. Als een boei. Als een vuurtoren. Als een... '

'Ja ja, stop maar, ik snap het. Is een vuurtoren rood trouwens?'

'Ja, tuurlijk. Knalrood. Megarood.'

'Megarood? Dat is geen woord.' Silvi kan een lach niet onderdrukken.

Aniek grinnikt met haar mee. 'Geef het dan maar niet toe, ook goed. Maar jij zit dus bij Bo in het groepje. En je mag de modeshow presenteren!'

'Ik mag de modeshow presenteren...' mompelt Silvi.

'Ik ben zo jaloers.'

'Echt?'

'Ja tuurlijk. Dat is toch hartstikke vet! Met een microfoon op het podium en dat iedereen dan naar je kijkt.'

Iedereen die naar haar kijkt. En als iedereen naar haar zit te staren vanuit een donkere zaal, waar moet zij dan zelf naar kijken?

Aniek maakt een huppelpasje. 'Kun je vast oefenen voor de eindmusical.'

Silvi struikelt bijna over haar eigen voeten. 'Wat?'

'De musical! Wie weet is dit wel een test of zoiets. Misschien wil de juf zien hoe je het doet op het podium. En als je het goed doet, dan krijg je misschien wel de hoofdrol. Zou dat niet helemaal te gek zijn?'

Silvi slikt haar antwoord in. Aniek heeft het al sinds groep 7 over de eindmusical.

'Mwah,' zegt ze.

'Je boft maar.'

'Mm.'

'Hebben jullie in je groepje al bedacht hoe het precies moet gaan vrijdag? Jullie gaan toch een draaiboek maken voor wie als eerste opmoet en zo.'

'Nee. Gaan we morgen doen. Geloof ik. Ik heb niet zo goed...'

'...opgelet. Wat een verrassing.' Aniek duwt haar elleboog in Silvi's zij.

'Wij moeten met ons groepje het ontwerp voor het modeldorp maken. Bleeeh!'

'Maar tekenen vind je toch wel leuk? Je zegt altijd dat het een van je lievelingsvakken is.'

'Ja, maar dat is het al snel natuurlijk als je moet kiezen tussen rekenen en taal en geschiedenis en tekenen. Maar dan wil ik wel leuke dingen tekenen. Geen saaie huizen. En ik zou véél liever de modeshow presenteren, tuurlijk.'

Silvi gooit haar sjaal over haar schouder. 'Tuurlijk.'

Aniek steekt haar hand op en steekt over. 'Zie je morgen.'

'Ja, zie je morgen.'

Silvi's moeder zet een schaal met stukjes komkommer en kleine tomaatjes op tafel. 'Silvietje, niet vergeten dat ik je morgen op school ophaal.'

'Vi,' zegt Silvi. 'Niet vietje.' Ze draait een tomaatje rond tussen haar vingers. Zou ze echt zo rood als een tomaat worden als ze naar Bo kijkt?

'Dus kom gelijk naar buiten, want de afspraak is al om tien voor vier.'

'Hm?'

'Je gaat toch niet zeggen dat je het bent vergeten?' Haar moeder stopt even met snijden en wijst met haar mes richting het prikbord naast de koelkast. Het hangt vol met briefjes, kaarten, uitgescheurde krantenartikelen, recepten en de familieagenda. Haar moeder heeft de familieagenda meeverhuisd, 'want jullie zijn door de week grotendeels bij mij en dan zijn de meeste afspraken.'

Silvi ziet het vanaf haar stoel staan, *ortho*, in dikke, blauwe viltstiftletters. Ze knijpt het tomaatje fijn. Er loopt rood sap tussen haar vingers. Gauw stopt ze het platte tomaatje in haar mond en likt haar vingers af.

'Owh...' zegt Chris terwijl hij over tafel naar haar toebuigt. 'Silvi krijgt morgen een beugel.'

Het voelt alsof iemand met zijn knokkels een lijn over Silvi's ruggengraat trekt, van boven tot onder.

'Jij ook,' zegt ze pinnig. 'Dus doe niet zo stom.'

'Maar ik hoef pas in de zomer. Dat duurt nog eeuwen.'

'Chris, niet je zusje pesten.'

'*Zus*. Ik ben twaalf. Maar mam, waarom moet ik eigenlijk nu al een beugel? Ik zit in groep 8. Chris zit al in de tweede en die hoeft pas in de zomer.'

'Dat heeft de orthodontist toch allemaal uitgelegd? Heb je weer eens niet op zitten letten?'

Silvi veegt haar vingers af aan haar broek. 'Wel.' Ze ziet nog de lijnen van het gezicht van de orthodontist voor zich en de manier waarop hij zijn handen een beetje opzij bewoog, elke keer als hij iets uitlegde. Ze weet nog hoe de tl-buis in het plafond weerkaatste in zijn brillenglazen en ze weet nog hoe grijs de lucht was buiten en ze weet nog dat ze dacht aan de gymles van die ochtend. Hoe Bo in de touwen had geklommen, hoger dan alle andere jongens uit de klas.

'Iets over groeien?'

Haar moeder knikt. Aha, goed gegokt.

'Ja, meisjes worden lichamelijk sneller volwassen dan jongens. Dus ook hun tanden groeien sneller. En daardoor zijn ze sneller aan een beugel toe, als ze die al moeten.'

'Ha!' Silvi wil bijna haar tong uitsteken naar haar broer, maar bedenkt zich net op tijd hoe kinderachtig dat eruit ziet. 'Hoor je dat? Ik ben sneller volwassen dan jij.'

'Nou, je tanden misschien,' zegt Chris terwijl hij aan haar staart trekt.

'Jongens, stoppen! Is de projectweek leuk, Silvi?'

'Mja.'

'Is er nog een afsluiting, net zoals vorig jaar?'

'Nee.' Silvi kijkt naar haar handen. 'Of ja, maar

gewoon in de klas. Zonder ouders.' Ze kucht even. 'Jij moet toch werken vrijdag?'

'Ja, maar anders had ik wel even vrij genomen. Jammer.'

'Mja.'

Trringg. Silvi neemt gauw de telefoon op.

'Met Silvi Veldhuyzen.'

'Dag prinses.'

'Ik heet Silvi, hoor papa,' zegt ze. Ze hoort Chris proesten. Prinses! Een prinses, dat is iemand met lange blonde haren en een stralende glimlach, zo eentje van een tandpastareclame. Iemand zoals Máxima. Iemand zoals Juul. Niet iemand zoals zijzelf is. Een saai iemand met haren in een staart van een kleur waar niet echt een woord voor is. Geen mooi woord in ieder geval. Voor blonde haren heb je veel mooie woorden. Honingblond, zomerblond, lichtblond.

'Je bent mijn prinses. Punt uit,' zegt haar vader.

Ja, hij zal eens naar haar luisteren. Silvi graait in de schaal op tafel en probeert drie stukken komkommer en een tomaatje tegelijk naar binnen te proppen.

'Silvi! Niet zo proppen. Ik hoor je gewoon smakken door de telefoon.'

Ze schraapt alle scherpte die ze in zich heeft bijeen en legt het in haar stem.

'O, ben ik nu opeens geen prinses meer?'

Het is kennelijk goed gelukt, want haar vaders stem is koeler als hij zegt: 'Geef je moeder even, wil je?'

'Ja. Dag.' Ze houdt de hoorn opzij. 'Mam. Pap.'

Haar moeder legt het mes met een klap neer op het aanrecht. 'Geef maar dan. Ja, wat is er? Ik ben bezig.'

Silvi pakt nog een stukje komkommer en gaat dan snel de keuken uit. Hier wil ze niet bij zijn.

Silvi verandert haar *wiewatwaar* in *projectweek, saaaai*!

Rechts onder aan haar computerscherm knippert Maries naam.

Marie: ha!
Silvi: hej
Marie: hoestie?
Silvi: gwn
Marie: zag dat je projectweek hebt?
Marie: leuk toch
Silvi: neu, saai juist
Marie: waar gaat het over dan?
Silvi: over middeleeuwen
Marie: OO!
Marie: leuk toch!
Silvi: er is ook een modeshow.
Silvi: ik moet m presenteren.
Marie: te gek!
Silvi: weet nog niet.
Silvi: hoestie bij jou?
Marie: ik wil de hoofdrol in eindstuk van de musicalschool.
Marie: ga auditie doen.

Silvi's handen zweven even boven
het toetsenbord. Auditie doen.

Silvi: durf jij dat?
Marie: weet nog niet
Marie: maar wil het wel
Marie: doe oefeningen, rustig ademhalen en zo
Silvi: wow
Marie: moet gaan. xx
Silvi: xx

Silvi kijkt nog even of Tess online is. Nee, jammer.
Snel laat ze nog een berichtje achter op de BFF-hyve
van Marie, Tess en haarzelf.

Lievurds, ik moet vrijdag modeshow op sgool presenteren. Tips? xxxxxx

Ze leunt met haar ellebogen op het bureau terwijl ze
hun profielfoto bekijkt. De armen om elkaars schouders en middel, allemaal lachend om iets. Zomer-
kleren aan, het was al warm in Frankrijk, ze kon de
hele dag in een topje lopen.
    Wat zal ze morgen aandoen? Dat rode vest? Nee, als
ze dan zelf rood wordt, dan lijkt ze één grote tomaat.
    'Hé!' Haar broers gezicht komt boos om de hoek van
de deur. 'Wat doe jij op mijn laptop?'
    'Gewoon.'
    'Je mag niet zomaar op mijn laptop. En op *mijn*
kamer!'

27

'Ja ja.' Silvi klikt op uitloggen en schuift de bureau-stoel naar achteren. 'Ik ben al weg.'

'Ga dan beneden op de computer in de huiskamer.'

'Dan zit mama mee te kijken. En het blijft stom dat jij in mama's huis wel een laptop op je kamer mag en ik niet.' Bij papa mag ze op zijn oude laptop, maar het is donderdag pas wisseldag.

Chris trekt even aan haar staart. 'Nóg niet. Als je op de middelbare zit, kleintje.'

'Ik ben geen kleintje.'

'Prinsesje.'

'Chris!'

Hij grijnst.

Het nieuwe groepje

Kun je van saaiheid doodgaan? Kennelijk niet, want anders zouden er al wel een paar slachtoffers zijn gevallen tijdens deze les. Ze is toch niet de enige die er niks aan vindt? Silvi gaapt. Voor de klas zit juf Els op een hoge stoel en ze leest voor uit een geschiedenisboek over de middeleeuwen. Af en toe draait ze het boek om en laat aan de klas een plaatje zien van een of andere ridder of jonkvrouw. Silvi heeft haar het hele jaar nog niet zo enthousiast gezien. Kijk nou, ze heeft er bijna rode wangen van. Silvi moet er zelf niet aan denken om later juf te worden. Maar ze weet ook niet precies wat ze wel wil gaan doen. Ze weet nog niet eens naar welke middelbare school ze volgend jaar wil. Naar die waar Chris ook op zit waarschijnlijk. Haar vader zegt dat ze het helemaal zelf mag weten, maar daar is haar moeder het niet mee eens. Of misschien zegt ze dat alleen maar omdat ze niet hetzelfde wil vinden als haar vader. Zoals gewoonlijk.

Silvi zucht. Juf Els is nu toch wel zeker twee uur aan het praten. Een half uur minstens. Een kwartier zeker. Horen de anderen wél wat juf zegt? Ze probeert zo onopvallend mogelijk naar rechts te kijken en dus naar Bo. Hij tikt met zijn potlood zachtjes op de tafel. Hij beweegt zijn hoofd er ritmisch bij en hoort ze hem nou een liedje neuriën? Die zit dus ook niet op te letten. Kijk, nu tikt hij met zijn voet er ook nog bij. Wat voor liedje heeft hij in zijn hoofd? Vast iets dat hij gisteren op drummen heeft gespeeld. Bo zit op drumles, dat weet Silvi. Dat weet iedereen. Toen ze laatst muzikale maandafsluiting hadden, was ze eerst bijna weggesuft tijdens het luisteren naar al die valse blokfluiten van die onderbouwkleuters. Maar toen kwam Bo het podium op.

Toen hij begon, was het of er een stroomstoot door de zaal heen ging. Silvi zat meteen rechtop en luisterde ademloos tot hij klaar was. Ze zag zijn blonde krullen, die net tot in zijn nek vielen, op en neer dansen.

Aniek porde na afloop in haar zij. 'Doe nou je mond maar weer dicht.'

Silvi draait haar hoofd naar links. Tijn zit voorover en is druk aan het schrijven. Hij zit aantekeningen te maken! Hij let dus wél op. Ach... het is ook geen wonder dat iedereen hem de nerd van de klas noemt. Altijd superbraaf en ijverig. Dan schuin naar voren kijken. Juul heeft haar hoofd in haar handen en steunt op haar tafel. Ze ziet er verveeld uit. Niks bijzonders, want Juul ziet er zo vaak verveeld uit. Behalve als ze op het waveboard van Bo staat.

Opeens klinkt er een donderend geroffel door de

klas. Silvi schrikt. Wat gebeurt er? Dan ziet ze hoe alle kinderen in hun handen klappen. Ah, de juf is eindelijk klaar en ze moeten kennelijk ergens voor klappen. Silvi klapt maar mee.

'Juf, wanneer gaan we nou kleren maken?' Juul steekt niet eens haar vinger op.

'Dat gaan we vanmiddag doen, jongens. Dan komt de moeder van Esther ons uitleggen hoe dat moet en ons helpen.'

Silvi ziet hoe Esther strak op haar tafel kijkt. Ze ziet er niet erg blij uit dat haar moeder straks voor de klas komt staan.

'Als ik maar niet in een juten zak hoef rond te lopen, zoals op dat plaatje van net, juf.' Iedereen lacht, behalve Silvi. Alsof het wat uitmaakt wat Juul aantrekt.

'Nee, het wordt vast heel mooi. Maar we kunnen niet allemaal prinses of ridder zijn tijdens de modeshow. Er leefden natuurlijk ook gewone mensen in de middeleeuwen, boeren en zo.'

'Ik wil geen boerin zijn, hoor,' zegt Juul snel.

'Donderdagmiddag zijn de kleren af. Dan beslissen we wie wat draagt,' zegt juf Els.

Silvi wikkelt haar staart om haar rechterwijsvinger. Driemaal raden wie er prinses zal zijn vrijdag. Juul natuurlijk. Er is vast niemand in de klas die zich Juul als boerin kan voorstellen. Gek hoe dat werkt eigenlijk, populair zijn. Als je eenmaal populair bent, dan kan je zo'n beetje alles zeggen en doen. Maar hoe word je populair als je het niet bent? Ze schudt haar staart weer naar achteren.

'Ik ga even wat kopiëren,' zegt juf Els. 'Gaan jullie door met je werk?'

Als ze de klas uit is, begint iedereen meteen te praten.

'Dus jij maakt deze week alle aantekeningen.' Juul vraagt het niet aan Tijn, het is meer een opdracht.

Tijn knikt en kijkt naar zijn pen.

Silvi schuift heen en weer. 'Vind je dat niet erg?'

'Jeetje Silvi, we moeten allemaal wat doen deze week,' zegt Juul. Ze kijkt of ze heel moe is. 'Tijn maakt dus de aantekeningen.'

Bo schraapt zijn keel. 'Eh, waarvoor eigenlijk?'

'Hoe bedoel je?' zegt Juul.

Silvi ziet dat ze er opeens niet meer vermoeid uitziet als ze naar Bo kijkt, maar vrolijk en blij.

'Waar hebben we aantekeningen voor nodig?'

'Elke groepje moet aan het einde van de week toch een verslag maken.'

'O ja,' antwoordt Bo.

'En daar moet over elke dag iets instaan. Tijn schrijft het verslag.'

'O ja.'

'En wat doen wij?' vraagt Silvi. 'Is het niet eerlijker om allemaal een dag te beschrijven? Tijn schrijft iets over vandaag en dan ik bijvoorbeeld over woensdag, jij over donderdag...'

'Ja ja,' onderbreekt Juul. 'Ik weet welke dagen er in een week zitten, dank je.'

Silvi ziet Bo grijnzen.

'Maar dat kan niet.'

Silvi vouwt haar armen over elkaar. 'Waarom niet?'

'Omdat eh, er ook nog andere dingen moeten gebeuren.'

'Zoals wat dan?'

'Ja, dat zijn we nu aan het verdelen dus. Jeetje, help eens even mee in plaats van me zo boos aan te staren.' Juul tikt op de projectmap. 'Dat staat hier allemaal in. Die moesten we toch gisteren doorlezen? En dan vandaag de taken verdelen? Hallo! Hebben jullie zitten slapen of zo?'

Bo's gezicht vertrekt geen spier, maar Silvi voelt opeens iets op haar rug en armen prikken. Ze kan het niet uitstaan dat Juul zo bazig doet. En ze kan het niet uitstaan dat Juul nog gelijk heeft ook. Ze hééft gisteren ook zitten slapen, nou, zitten dagdromen eigenlijk, maar dat is zo'n beetje hetzelfde. Als ze zit te dromen, dan lijkt het net of...

'Aarde aan Silvi!'

Shit! Snel pakt ze de projectmap en begint te lezen.

'Ons groepje moet het draaiboek maken voor de modeshow,' leest ze voor.

'Wat bedoelt de juf eigenlijk met een draaiboek maken?' vraagt Bo.

Tijn schuift zijn bril hoger op zijn neus en geeft dan antwoord.

'Dan schrijf je precies op wat er moet gebeuren. Bijvoorbeeld wie er als eerste opkomt en wie daarna en zo. Eentje presenteert, dat is Silvi, en vertelt iets over de groepjes die opkomen.'

'Bo en ik maken de volgorde van wie opkomt,' zegt Juul snel. 'Boeren eerst en zo en als laatste de prinses en ridder. Toch Bo?'

'Kee.'

'Kee!' zegt Juul met een lach. 'Tijn schrijft het verslag en schrijft op wat Silvi moet zeggen over de verschillende groepjes. Goed?'

'Goed,' zegt Tijn.

Silvi kijkt van Juul naar Bo. 'Goed,' zegt ze zachtjes, want ze weet niet wat ze anders moet zeggen.

'En Silvi, jij moet nog bedenken wat je als intro moet gaan zeggen als je de modeshow presenteert,' zegt Tijn.

Silvi kijkt hem aan, maar ze ziet zijn ogen niet echt, alleen de schittering van zijn brillenglazen.

'Wat ik moet zéggen? Ik zeg gewoon "hallo", lees op wat jij hebt opgeschreven en dan zeg ik: "Hier komt Aniek, hier komt Rachid, hier komt Jelle, hier komt o..." Ze snapt opeens wat Tijn bedoelt. Ze kan moeilijk alleen maar 26 namen gaan noemen.

'Als je niet wilt, dan doe ik het wel,' zegt Juul. 'Dan presenteer ik de modeshow wel.'

'Dat kan niet,' zegt Tijn. 'Juf Els zei dat Silvi...'

'Ja, dat weet ik wel, maar als ze het eng vindt of zo, dan doe ik het wel.'

Silvi schudt haar staart van links naar rechts. Kom zeg. Ze gaat hier toch zeker niet toegeven dat ze ertegenop ziet?

'Nee, ik doe het wel. Ik moet alleen nog even bedenken wat ik moet zeggen.' Ze steunt met haar hoofd op haar handen. 'Maar wat?'

'Weet ik niet,' zegt Tijn. 'Sorry.' Hij schuift zijn bril naar achteren. 'Maar dat moet jij dus deze week verzinnen.' Hij kucht even. 'Eh, maar je kunt het ook samen met iemand bedenken. Je hoeft het niet alleen te doen, hoor. Misschien kan iemand je helpen?'

'Ja,' mompelt Silvi afwezig, terwijl ze in de map bladert. Het is nu dinsdagochtend, de modeshow is vrijdagmiddag. Vanmiddag gaan ze kleren maken, morgen de sieraden en ondertussen werken ze aan het modeldorp. En dan gaan ze ook nog in groepjes de keuken in om middeleeuwse gerechten te maken. En donderdag gaan ze naar het kasteel. Vrijdagochtend houden ze de generale repetitie. Wanneer moet ze dan bedenken wat ze moet zeggen? Was het maar vrijdagavond, dan was het allemaal achter de rug. En dan alleen Het Gesprek nog. Ze schuift op haar stoel. Haar pluspuntenlijstje is leeg.

'Ik heb er *zo'n* zin in,' zegt Juul. 'Wanneer gaan we ook alweer oefenen voor de show?'

Silvi krabbelt rondjes op het papier voor haar. Juul kan natuurlijk weer niet wachten tot ze het podium op mag. Die durft alles. Hoe komt dat toch? En waarom durft ze zelf bijna niks?

Wacht even... wat zei Tijn? *Je kan het ook samen met iemand bedenken.* Ze kan iemand vragen om samen met haar de intro te verzinnen. Bijvoorbeeld vragen aan... Bo. De juf wil toch altijd zo graag dat ze allemaal samenwerken. Nou dan. Silvi gaat wat meer rechtop zitten. Samen met Bo gebogen over een papier, ergens iets samen doen terwijl Juul er even niks mee te maken heeft. Ja, ze ziet het opeens al helemaal voor zich.

'Ja, bedankt Tijn, dat is wel een goed idee.'

'Ja? Eh, ja.'

Silvi glimlacht naar hem en dan kijkt ze opzij naar Bo. Zo. Nu hoeft ze het hem alleen nog maar te durven vragen.

'Is het al zaterdag?' Silvi kauwt afwezig op haar plak ontbijtkoek.

Aniek geeft haar een zetje. 'Nee joh, gelukkig niet. Want dan was de projectweek al over.'

'Wat is daar erg aan?'

'Dan moeten we weer oefenen voor de CITO.'

'O ja.' Silvi denkt na. Is de CITO erger dan de projectweek? Hm, ze weet het nog niet zo zeker.

Aniek leunt naar haar toe. 'En...? Hoe is het met Bo?' Ze knippert erbij met haar ogen.

Silvi wil nog niet vertellen van haar plannetje om te gaan samenwerken met Bo. Eerst zelf bedenken hoe ze het moet aanpakken.

'Wel goed denk ik, maar misschien kun je het beter even zelf aan hem vragen. Daar wavet ie ergens.' Ze wijst zonder te kijken naar de andere kant van het schoolplein.

'Haha. Ik bedoel natuurlijk, hoe is het met Bo en *jou?*'

'Er is geen Bo en jou. Ik bedoel mij, eh...' Nog niet tenminste.

'Tuurlijk wel. Hij zit in je groepje...'

'Ja, nou? Vorige week zat hij in het groepje bij Jelle. Daar zei je toch ook niks van.'

'Silvi! Kom op, je weet wat ik bedoel.'

Ja, Silvi weet precies wat Aniek bedoelt. Maar ze heeft helemaal geen zin om erover te praten. In ieder geval niet nu, nu ze vanuit haar ooghoeken net Bo langs ziet waven. Staat ze alweer rood te worden? Niet kijken, gewoon niet meer naar hem kijken.

'Hoe is het met jouw groepje eigenlijk?' zegt Silvi.

'Gewoon. Wel leuk. Ik hoop dat ik prinses ben. Kinderachtig natuurlijk, zo'n suffe jurk, maar als Juul het maar niet wordt. Ik heb zo'n zin in de modeshow. Jij?'

'Waarom heeft iedereen toch zo'n zin in de modeshow?' Silvi's voelt haar wenkbrauwen als vanzelf naar elkaar toetrekken. 'Dat zegt Juul ook al de hele morgen. Zo'n modeshow is toch eigenlijk niks anders dat een keertje over het podium heen en weer lopen? In stomme kleren.'

'Weet ik wel,' zegt Aniek. 'Maar dan terwijl een hele zaal vol mensen naar je zit te kijken. En als er felle lampen op je staan, die je zo volgen als je loopt, weet je wel. Met harde muziek. En met échte pers in de zaal. Van een échte krant. En met geflits van een échte fotograaf en...'

'Hou es op!'

Verbaasd kijkt Aniek opzij.

'Is er iets?' Ze houdt haar hoofd schuin. 'Heb je buikpijn of zo?'

Silvi kijkt naar beneden. Ze houdt haar armen om haar middel geklemd en merkt nu pas dat ze een beetje voorover helt. 'Ja, ik heb... een beetje buikpijn.'

'Ben je ziek aan het worden?'

'Nee, ik... ik voel me gewoon even niet zo lekker. Gaat zo wel over.'

Aniek knipoogt. 'Het gaat zeker wel weer over als je straks weer naast Bo zit, hè?'

'Vast.'

Trring. Ze lopen richting de deur. Silvi wrijft nog even over haar buik. Misschien is ze wel ziek vrijdag. Ze heeft eigenlijk wel zin om ziek te zijn, niet echt in koorts en hoofdpijn en overgeven, maar in de laatste dag van ziek zijn. Thuis op de bank voor de tv. Haar moeder schilt altijd appels voor haar als ze ziek is en smeert beschuitjes en als ze in haar vaders huis ziek is, dan brengt hij warme dekens en leest voor. Nee, wacht even. Ze is al twaalf jaar, ze gaat niet doen of ze ziek is, daar trapt haar moeder echt niet in. Zelfs haar vader waarschijnlijk niet. Een halfuur iets moeten zeggen door een microfoon is vast niet zo erg als ze zelf

denkt. En al die mensen luisteren toch niet naar wat
ze op het podium staat te zeggen, die kijken natuurlijk alleen naar de kleren die geshowd worden. En niet
naar saaie beugelSilvi. Dat zou ze zelf ook niet doen.

De moeder van Esther zegt iets over rijgen. Silvi kijkt
naar haar handen en ziet hoe soepel Esthers moeder de draad door een naald haalt. 'Dus... altijd goed
afhechten, jongens. Probeer het nu zelf maar en roep
me als je hulp nodig hebt.'
 Silvi pakt haar eigen naald, tilt de stof met één hand
omhoog en prikt. Au!
 'Owh, gelijk al mis?' Bo grinnikt. 'Moet ik een pleis-
ter vragen?'
 'Nee.' Silvi zuigt op haar duim. 'Het gaat wel.' Ze
ziet een druppel bloed op het topje.
 'Ik begrijp gewoon niet waarom we een lapje stof
moeten leren naaien,' bromt Juul. 'Alsof we ooit later
onze eigen kleren gaan maken. Je koopt toch gewoon
je kleren in een winkel.'

'We doen dit zodat we weten hoe ze vroeger...' begint Tijn, maar Bo onderbreekt hem.

'Jaha! We wéten waarom we het moeten doen, Tijn! Het sláát alleen nergens op.'

'Nergens,' mompelt Juul terwijl ze haar naald bekijkt of hij in brand staat.

'Nergens,' zegt Silvi en kijkt dan snel Juul aan. Wacht even, zijn ze het met elkaar eens?

'Aan het werk, allemaal!' De moeder van Esther klapt in haar handen.

Silvi ziet de nek van Esther roder en roder worden. Ze zit zo ver voorover gebogen, dat het lijkt of ze met haar tanden de naald in de stof duwt. Gelijk heeft ze, Silvi zou zich ook rot schamen als haar moeder hier naailes stond te geven.

Gelukkig heeft ze toen ze de oproep voor hulpouders kreeg, het papier gelijk verscheurd en in de prullenmand gegooid. Haar moeder zou toch niet gekomen zijn om te helpen trouwens, want als haar vader daarachter was gekomen, had hij ook weer per se iets willen doen en dat hadden ze toch nooit zonder ruzie op kunnen lossen. *We willen allebei evenveel bij de opvoeding betrokken blijven, prinses.*

Silvi snurkt. Dan hadden ze maar niet uit elkaar moeten gaan.

Wie helpt?

Silvi hangt bij het hek rond tot zo'n beetje alle kinderen er doorheen zijn gegaan. Ze wacht op Bo. Ze moet hem vanmiddag vragen of hij haar wil helpen, want anders ziet ze hem pas morgenochtend weer en ze gaat het voor geen goud vragen in hun groepje terwijl Juul ernaast zit. En op het schoolplein zomaar op Bo aflopen en hem van zijn waveboard zien af te krijgen, nee. Ze gaat op het lage muurtje naast het schoolplein zitten en zet haar tas naast zich op de stenen. Haar moeder pikt haar hier zo op. Opeens voelt ze iemand achter zich schuifelen. Snel draait ze zich om. Het is Tijn.

'O, hoi.'

'Hoi.' Hij duwt met de punt van zijn schoen in de spleet tussen twee stoeptegels. 'Sorry,' zegt hij. 'Maar heb jij al bedacht wat je intro wordt als presentator?'

'Nee.'

'O.'

Tijn kucht. 'Ik dacht, misschien kan ik je helpen.'

'Jij?'

'Ja, de juf had toch gezegd dat je samen moest bedenken wat je zo'n beetje wilde gaan zeggen. Nou en eh...' Hij kucht nog eens.

41

Silvi bijt op haar onderlip. Ze kan zichzelf wel voor haar hoofd slaan. Ze had gewoon gelijk aan Bo moeten vragen of hij had willen helpen. Dan had ze nu tenminste tegen Tijn kunnen zeggen dat ze al iemand had. Maar wat moet ze doen als Bo nee zegt? Dan kan ze moeilijk met hangende potjes terug naar Tijn gaan.

'Silvi?'

'Ja, eh... bedankt, maar...' Kijk hem nou staan. Hij durft haar niet eens aan te kijken. Silvi kijkt de straat af. Komt haar moeder daar al aan? Die is ook altijd te laat.

'... ik weet het nog niet.'

Met een ruk haalt Tijn zijn hoofd omhoog. 'Je wéét het nog niet?'

'Nee, ik moet er even over nadenken.' Ze schurkt met de hak van haar linkerschoen tegen het muurtje.

'Ik kán vanmiddag met je mee naar huis gaan,' zegt Tijn.

'Met mij mee naar huis?' Voordat ze het kan tegenhouden, voelt Silvi haar gezicht vertrekken. 'Kunnen we dat niet gewoon morgen op school doen? Als we het samen gaan doen. En ik moet vanmiddag naar de ortho, trouwens.'

'O ja. Je krijgt een beugel, dat was ik even vergeten.' Vergeten? Ze kan zich niet herinneren dat ze aan Tijn verteld heeft dat ze een beugel zou krijgen.

'Luister, ik moet nu echt weg, mijn moeder komt me zo ophalen. Kom je op Hyves later vandaag?'

'Ja.'

'Dan laat ik het je vanmiddag wel weten, oké?'

'Ja,' zegt Tijn tegen de stoeptegels. 'Goed, tot later dan. En succes bij de ortho. Je krijgt een slotjesbeugel, hè?'

Hoe weet Tijn dat allemaal?

'Ja, en eh, bedankt.'

Tijns glimlach spreidt zich van oor tot oor. 'Dan ga ik maar.'

'Ja.' Silvi wrijft met de palm van haar hand over haar kin terwijl ze Tijn nakijkt. Misschien is het maar beter dat Tijn haar hiermee helpt in plaats van Bo, want als ze met Bo samen thuis zou zijn, zou ze van de zenuwen niks op kunnen schrijven. Je buik vol zenuwen, is dat verliefd zijn?

'Silvi...' Silvi draait zich weer om. Het is Bo!

'Bo! Hoi!'

'Ja, hoi. Moet je horen.' Bo kijkt naar de grond en Silvi voelt haar hart een slag wachten. Gaat hij nu ook vragen of hij kan helpen? Ze kan het niet geloven.

'Je bent nogal verlegen, hè?'

Wat?

43

'Wat?'

'Dus we dachten dat je het misschien wel eng zou vinden om de modeshow te presenteren.'

We dachten?

'Dus als je niet wil, dan wil Juul wel.'

'Dan... wil Juul wel?'

'Ja.'

'Maar...'

'Juul en ik hadden het er nog eens over en zij zal het natuurlijk hartstikke goed kunnen.' Bo kijkt haar aan, brede grijns op zijn gezicht.

Silvi knijpt haar handen tot een vuist. *Juul en ik hadden het er nog eens over.*

'Hadden jullie het over mij?'

'Ja, Juul en ik dachten dat het misschien beter was dat zij het zou doen. De presentatie, bedoel ik. Jij vindt er toch niks aan?' Hij haalt even een hand door zijn blonde krullen.

'Dat heb ik niet gezegd...'

'Nee, maar we dachten dat Juul het gewoon heel goed zou kunnen.'

Silvi kijkt achter zijn rug naar de fietsenstalling. Staat Juul daar soms op hem te wachten? Ze heeft Bo gewoon als boodschapper gestuurd. En hij doet het ook nog!

'Waarom vraag jij dit eigenlijk, Bo? Dat had Juul toch wel zelf kunnen doen?'

'Ze heeft het toch al gevraagd? Vanochtend, weet je nog? Maar toen zei je dat het niet hoefde. Dus toen dachten we...'

Als hij nog een keer 'we' zegt, dan gaat ze gillen.

'...dat ik het nog maar eens aan jou moest vragen.'

'Nou, bedankt, maar laat maar. De juf heeft tegen mij gezegd dat ik het moet doen.'

'Die kun je vast wel vertellen dat je niet durft.'

'Ik durf het wel!' Silvi zegt het iets harder dan ze bedoelt.

'Weet je het zeker?'

'Ja.'

Bo haalt zijn schouders op. '*Whatever*. Maar als je niet durft, dan...'

Silvi springt van het muurtje en gaat voor hem staan, haar handen gebald in de zakken van haar jas.

'Ik. Durf. Het. Wel.'

'Oké, oké. Zie je later.'

'Ja. Ik zie je.'

Bo gooit losjes zijn rugzak om zijn schouder en slentert weg.

Ze kijkt Bo na tot hij de hoek om is, handen in zijn zakken. Dan ploft ze weer op het muurtje. Ze weet niet wat ze erger vindt: dat Bo haar helemaal niet kwam aanbieden om te helpen of dat Bo liever wil dat Juul de modeshow presenteert. En dat hij zich zomaar door Juul laat sturen! Bijna hijgen van boosheid, zo voelt verliefd zijn vast niet.

Doe oefeningen, rustig ademhalen en zo. Silvi zuigt haar longen vol. Er zijn al bijna twee dagen van deze week voorbij. En daar komt eindelijk haar moeder aanrijden.

Ze ligt achterover in de blauwe stoel. Naast haar is een rode stoel en daar weer naast een groene en een paarse stoel. Silvi draait haar hoofd naar links. Wat voor kleur is de stoel hiernaast ook alweer? O ja, geel. Hebben ze natuurlijk verzonnen om de kinderen af te leiden, al die kleuren. Om ze vrolijk te houden, terwijl de orthodontist met een of andere haak ijzerdraad aandraait om hun tanden.

'Je rilt. Heb je het koud, liefje?' vraagt haar moeder, die naast haar staat en iets in haar telefoon typt.

'Nee.'

'Als er iets is, moet je het zeggen, liefje,' zegt haar moeder, druk doorrammelend.

'Jaha.'

Silvi gaat weer plat op haar rug liggen en kijkt naar het plafond. Minpunten van de dag: ze zit de rest van de week in een groepje met nul kinderen waar ze bij wil zitten, Bo ziet haar nog steeds niet staan en ze weet niet meer of ze dat nu erg vindt of niet, Juul kan zo'n beetje mee gaan doen aan de wereldkampioenschappen waven voordat zij ook eens een keertje durft te vragen of ze op Bo's waveboard mag en straks moet ze Tijn gaan vragen of hij toch wil helpen. Lekker lijstje vandaag. En o ja, bijna vergeten, ze ligt hier plat in een stoel bij de ortho.

En dan nu de pluspunten.

...

Niks, nada, nul.

Hm.

Komt die ortho al wat dichterbij? Ze ziet een man in witte jas en met een mondkapje voor twee stoelen verderop staan, bij de groene stoel. O kom op nou, dit wachten is nog stommer dan de beugel zelf. Nu heeft ze eindelijk tijd om eens weg te dromen en nou weet ze niks.

Misschien kan ze nu bedenken wat ze gaat zeggen als intro tijdens de modeshow. Dames en heren, hier ziet u alles wat wij deze week hebben gemaakt. Is het niet geweldig? En er dan bij lachen en heel vrolijk kijken. Kijkt u eens! Mooi hè! Silvi bijt op haar onderlip. Daar trapt niemand in. Kan ze nog naar de juf gaan en zeggen: Sorry, maar ik zat niet op te letten toen ik zei dat ik dit wel wilde doen. Maar nu ik weet waar ik ja tegen zei, zeg ik toch maar nee.

Misschien kan ze Marie vragen of ze acteertips heeft. Dan liegt het makkelijker op het podium.

'Ach… hier hebben we Silvi. Halloooo!'

Silvi sluit even haar ogen.

'Vandaag zetten we alleen de slotjes op je tanden. Verder niks.'

Verder niks? Humpf.

'En dan gaan we volgende week de draad spannen.'

'Ja.'

En de draad aandraaien, dat zegt hij er niet bij. Aandraaien tot haar tanden echt op slot zitten. Maar ze weet het precies, want dat stond in de folder die ze mee had gekregen bij haar eerste bezoek.

'Dus vandaag zijn we binnen een uurtje klaar, maar

maak je geen zorgen, het zal geen pijn doen.'

Volgende week dus wel.

'Fijn! Is dat niet fijn, Silvi?' Ze ziet haar moeders glimlach stralen naast die van de ortho. Ze cirkelen als helikopters boven haar hoofd. Nee, een beugel is niet fijn en het woord fijn is trouwens ook niet fijn. Ze stopt haar handen onder haar benen en klauwt ze in het blauwe leer.

'Ja. Fijn.'

De ortho knikt vrolijk. 'Mooi, mooi, mooi. Kun je voor mij je mond heeeel ver opendoen, Silvi?'

Alsof ze vier is.

'Mag ik kijken?' Chris staat voor haar in de keuken, handen op zijn knieën.

'Nee.' Ze heeft zelf nog niet eens gekeken, ook niet in het spiegeltje in de auto.

'Aahh, kom op Silvi.' Ze schudt haar staart van links naar rechts.

'Laat me met rust, Chris.'

'Deed het pijn?'

'Je bent zeker bang dat het pijn gaat doen als je zelf aan de beurt bent.'

'Nee, ik wil het gewoon weten.' Chris zucht en gaat weer rechtop staan. 'Zo erg is het niet, Silvi. En je krijgt er straks hele mooie, rechte tanden van. En je ziet er nauwelijks wat van.'

Ze houdt haar hoofd schuin. Hij zegt het niet zo overdreven vrolijk als alle anderen, maar... gewoon. Alsof hij het meent.

Chris haalt zijn schouders op en steekt zijn handen in zijn zakken. 'Trouwens, niemand vindt het gek of zo. Bij mij in de klas heeft zo'n beetje de helft een beugel. Bij jou?'

'Eh ja, ook zoiets denk ik. Nou ja, de meisjes dan. De jongens zijn wat langzamer, dat weet je.'

Hij grijnst en trekt zachtjes aan haar staart. 'Als je wil, mag je wel een uurtje op mijn laptop.' Hij trekt de keukendeur open. 'Ik ga naar trainen. Maar na het eten gooi ik je eraf.'

Silvi springt met twee treden tegelijk de trap op.

Voorzichtig neemt ze een slokje limonade terwijl ze inlogt op Hyves. Ze laat de vloeistof rondrollen in haar mond voor ze het doorslikt. Drinken voelt gelukkig niet anders. Maar ze weet zeker dat eten zo wel gek is. En dan valt het nu nog mee, maar als ze straks die twee ijzeren draden tegen haar tanden gespannen hebben, tegen die slotjes, dan blijft er vast van alles achter hangen. Gatver, stukjes brood, appel, ontbijtkoek.

'Klop, klop.'

Silvi draait zich om en ziet haar moeder in de deuropening staan, telefoon in haar hand.

'Mam, je moet niet "kloppen" zeggen en dan toch gewoon...'

Haar moeder steekt haar hand uit. 'Je vader is aan de lijn. Chris zei dat je hier zat.'

Silvi neemt de telefoon over en ziet haar

moeder de kamer uitlopen. De deur trekt ze weer achter zich dicht. 'Hi pap.'

'Hallo prinses.' Silvi schopt tegen de poot van Chris' bureau.

'Pahap.'

'Hoe was het bij de ortho?'

'Gewoon.' Ze kijkt naar de laptop.

'Silvi!'

'O ja. Nee. Ik heb nu slotjes op mijn tanden. En volgende week... ' Als ze nou nog bij elkaar in huis hadden gewoond, dan had ze het niet allemaal hoeven uitleggen. 'Je ziet het donderdag wel.'

'Ja, dat is goed. En hoe was het op school? Is de projectweek leuk?'

'Gewoon. Dag pap.'

'Dag prinses.' Silvi gooit de telefoon op het bed achter haar en draait weer naar het scherm.

Vier commentaren op haar *wiewatwaar* van vanochtend, *vanmiddag naar de ortho voor mijn beugel.*

Balen natuurlijk, kusje Tess.

Ziet het er heel stom uit? kusje Aniek.

Bah!! ☹ xxxxxMarie.

Ik hoop dat het geen pijn deed. Tijn.

Tijn? O natuurlijk, hij wist natuurlijk door Hyves van haar beugel. Nooit over nagedacht dat hij ook mee-leest. Zou Bo wel eens naar haar pagina kijken? Nou, doet er niet toe, eigenlijk. Wat een... aardig berichtje van Tijn.

Maar het had wel pijn gedaan. Niet veel, maar toch wel een beetje, want ze had het niet tegen kun-nen houden dat ze af en toe, plat liggend op de stoel, haar nagels in de blauwe leer had gezet. Ze voelt met haar tong over haar tanden. Voelt stom en een beetje scherp.

Voorzichtig pakt ze een spiegel en kijkt. Op elke tand zit een klein, vierkant blokje. Een slotje. Het ziet er net zo uit als de beugel van Esther. En die van Merel. Chris heeft gelijk, bijna de halve klas heeft een beugel. En de andere helft krijgt er nog een.

Niemand zal ervan opkij-ken als ze met een beu-gel de modeshow pre-senteert vrijdag. Toch?

Silvi legt de spiegel weer neer en draait weer naar het scherm. Tijn is online, ziet ze. Nou, daar gaat ie dan.

Silvi: hej
Tijn: hoi!
Tijn: pijn?
Silvi: gaat wel.
Tijn: ☺
Silvi: ja

Haar vingers zijn even stil boven het toetsenbord. Ze weet dat ze het nu moet vragen, maar ze aarzelt nog even. O, nu is Marie ook online.

Marie: hoi
Silvi: hi!
Marie: ziet het er stom uit?
Silvi: gaat wel
Silvi: gwn
Silvi: jij moet toch ook een beugel?
Marie: jaaaa. Misschien
Marie: ☹☹
Silvi: valt wel mee
Silvi: EGT!

Tijn: zal ik je nog helpen
Tijn: met modeshow

Marie: hoest de projectweek

Silvi: ja oke
Tijn: oke!

Tijn: morgen?
Silvi: ja
Tijn: en na school?
Tijn: om te oefenen
Silvi: we zien wel
Tijn: kee, dag
Silvi: dag

Silvi: gwn
Silvi: moet gaan
Marie: ok, dag
Marie: o, heb nog tips op de BFF gezet.
Silvi: YES! xxx

Silvi klikt op de BFF-hyves en laat haar ogen schieten over de krabbels van Tess en Marie. *Leer je tekst uit je hoofd, recht de zaal in kijken, niet zenuwachtig zijn.* Hm. Ze heeft nog geen tekst, als ze recht naar voren kijkt wordt ze verblind door de schijnwerpers en ze is wél zenuwachtig. Gaat lekker tot nu toe.

Zal ze de krabbels verwijderen? Wat als iemand uit groep 8 meeleest? Silvi schudt haar hoofd. Vast niet nodig. Zelfs Aniek kijkt hier niet vaak op, dat weet ze, anders had ze het vast wel gezegd.

Zou Aniek het stom vinden dat ze een BFF-hyve heeft opgericht met twee vriendinnen die ze alleen van vakantie kent? Niet dat Aniek geen goede vriendin is, dat is ze wel, alleen... het is juist fijn dat ze aan Tess en Marie van alles kan vragen en vertellen, terwijl ze juist niet in de buurt wonen of op dezelfde school zitten.

Fijn? Ugh.

Silvi logt uit en klapt de laptop dicht. Bo was ook online, zag ze. Maar daar heeft ze nog nooit mee gechat. Nog twee dagen en dan is het vrijdag.

Speeltuinrondje

Als ze het schoolplein opkomt, ziet ze Aniek al op zich afkomen.

'Laat zien! Laat zien!'

Silvi kijkt even om zich heen en doet dan snel haar mond open en dicht.

'Deed het pijn? Doe je mond nog eens open.'

'Nee.'

'Waarom niet? Ik mag het toch wel even zien?'

'Gewoon.'

'Waarom doe je zo moeilijk? Er hebben zoveel kinderen in de klas een beugel.'

'Ja, daarom juist. Waarom wil je dan per se zien hoe het er bij mij uitziet?'

'Omdat ik zelf volgende maand ook een beugel moet. En omdat ik je beste vriendin ben. Kom op, Silvi, doe je mond eens open.'

'Aniek, hou op. Iedereen kijkt.' Silvi knikt naar achteren.

Aniek kijkt even over haar schouder en grinnikt dan.

'O. Je bedoelt *Bo* kijkt.'

Bo wavet vlak voor hen het schoolplein over. Hij

kijkt even naar de meisjes, maar dan weer voor zich uit.

Silvi kijkt hem na. Hij heeft zelfs op zijn waveboard nog één hand in zijn broekzak.

'Ik kon het niet goed zien.' Aniek trekt aan Silvi's mouw.

Er komen nu ook andere kinderen uit groep 8 op de meisjes af.

'Heb je je beugel, Silvi?'

'Laat eens zien?'

Silvi krijgt het warm. Ze trekt vlug haar lippen op en klemt ze dan weer op elkaar.

'O, een slotjesbeugel. Net als de mijne...,' Esther haalt haar schouders op. 'Je went er wel aan, hoor.'

'Ja, heb ik ook.' Merel knikt. 'Kom, we moeten naar binnen.'

'Dus volgende week moet je weer?' Tijn kijkt Silvi onderzoekend aan.

'Ja.'

'Dan gaan ze de draad aanspannen, hè? Hoop dat het geen pijn doet.'

Silvi maakt een wegwerpgebaar. 'Ach, nee hoor. Ik zie wel.'

Hoe komt hij toch aan al die informatie? Ze zoekt in haar geheugen, maar kan zich echt niet herinneren dat ze iets over haar bezoeken aan de ortho heeft verteld aan Tijn. Nu ze erover nadenkt, kan ze zich niet herinneren of ze ooit eerder met Tijn heeft gepraat.

Behalve dan 'hoi' en 'zie je' op school.

Bo en Juul kijken op.

'Dat wát pijn doet?' vraagt Bo.

'Niks,' zegt Silvi snel.

'Silvi heeft een beugel,' zegt Tijn.

Silvi voelt haar wenkbrauwen op topsnelheid bij elkaar komen. Waarom zegt hij dat nou!

Bo vouwt zijn armen over elkaar. 'O ja? Laat es zien?'

'Ik heb geen beugel,' zegt ze snel. 'Nog niet echt. Volgende week pas. Nu heb ik alleen nog maar de slotjes.'

'Laat es zien,' vraagt Bo weer. Hij en Juul buigen naar voren.

Silvi sluit haar ogen en doet gauw haar mond open en weer dicht.

'Niet zo snel,' zegt Juul.

Silvi gromt en doet dan haar mond weer open. Ze voelt zich alsof ze in de piste van een circus staat. Of alsof ze op een podium staat met alle schijnwerpers op haar en, o gatver, zo zal het vrijdag dus ook voelen. Als Silvi haar ogen weer opendoet, ziet ze Juul en Bo naar haar mond staren.

Bo knikt. 'Krijg ik ook,' zegt hij nonchalant.

'Ja?' zeggen Tijn, Juul en Silvi tegelijk.

Bo haalt een hand door zijn krullen en slaat zijn schrift open. 'Boeit me niet.'

Nee, tuurlijk niet, denkt Silvi. Mister Cool zal er zelfs met een beugel nog geweldig uitzien.

'Sorry.' Tijn schraapt zijn keel. 'Zullen we weer verder?'

Juul gooit een gum in zijn richting. 'Ja juf.'

Iets met extra muren om het kasteel beter te verdedigen. Daar vroeg de juf toch naar? Nee, toch maar niet gokken. Silvi voelt voor de zesduizendste keer met haar tong over haar tanden en fronst.

'Ik weet het niet.'

Juf Els zucht overdreven diep. 'Silvietje! Waar zit jij toch de hele dag met je hoofd?'

'Gewoon hier op school hoor,' zegt ze. 'Helaas,' mompelt ze er achteraan. Zo irri dat de juf haar soms ook zo noemt, net als haar ouders. *We hebben je naar oma vernoemd: Silvi.* Behalve dan, niet echt dus. Want waarom noemen ze haar dan zo vaak Silvietje?

Juul heet gewoon Juul. Dat wordt echt geen Juulletje. Of Juulietje.

'Maar met alleen maar dagdromen kom je later niet ver. Je zal toch school moeten afmaken.'

'Ja.' Alsof ze dat zelf niet weet. Silvi trekt haar ogen wijd open om er goed bij te blijven.

'Ik wil jou niet meer zien wegdwalen. Nou goed, dan is het nu tijd voor jullie groepsopdrachten, jongens. Jullie hebben tot de bel de tijd om eraan te werken.'

Er klinkt een geschuif van stoelen.

'En niet vergeten: maak zoveel mogelijk vandaag af, want morgen gaan we naar het kasteel!'

'Silvi, ga je mee?' Tijn staat voor haar met een schrift onder zijn arm geklemd.

'Waar naartoe?'

'Naar de gang. We mogen gaan zitten waar we willen van juf Els. Hier is het te lawaaiig.' Hij tikt op het schrift. 'We gaan aan de presentatie werken, weet je nog?'

'Ja, ik kom.' Silvi staat op. 'Wat gaan jullie dan doen?' vraagt ze aan Bo en Juul.

'Wij gaan verder met het verslag.'

'Wij gaan helpen met het modeldorp.' Bo en Juul zeggen allebei tegelijk iets anders.

Ze kijken elkaar aan en proesten.

'Kom je?' zegt Tijn.

Silvi knikt. 'Ja.'

Bij de deur kijkt ze nog even door de klas. Een groepje staat gebogen over een mini-kasteel van gips, anderen lopen door de klas met de kleren die ze gisteren hebben gemaakt en ze ziet hoe Aniek van achter uit de klas naar haar knipoogt.

In de gang ploffen ze neer aan een tafel, tussen een kapstok en de parkeerplek voor waveboards. Tijn begint gelijk met praten, over dat ze eerst een volgorde moeten maken voor wie er wanneer opkomt en Silvi luistert wel, echt wel, en ze zegt af en toe 'ja' of 'goed,' maar terwijl ze naar Tijn kijkt, ziet ze Bo's gezicht. Hoe zou het geweest zijn als Bo hier tegenover haar had gezeten? Nee, het lukt niet. Ze kan het zich opeens niet meer voorstellen dat hij zijn hulp aanbiedt. Zoals Tijn dat deed. Uit zichzelf.

'... dus nu hebben we een volgorde gemaakt.' Tijn kijkt haar blij aan en ze ziet een blik door zijn brillenglazen die ze niet gelijk herkent. Er zit iets van triomf in.

Silvi kijkt naar de tafel. Het blad dat voor Tijn ligt is helemaal volgeschreven. Haar eigen kladblok is leeg. Shit! Het is hier in de gang ook zo moeilijk om op te letten. Nog veel moeilijker dan in de klas. Er komen steeds kinderen langs die naar de wc moeten. En juffen en meesters. Haar ogen trekken naar alles behalve naar wat ze eigenlijk moet zien.

'De volgorde is helemaal af?'

'Ja, nou ja, de groepjes dan. Eerst komen de boeren en landbouwers, dan de ridder en prinses.'

Trringg. Meteen klappen er deuren open en stromen er kinderen de gang in. Het is een wirwar van jassen en tassen. Tijn en Silvi staan op en lopen terug naar de klas.

'Dus vanmiddag moet je oefenen, oké?' hoort ze Tijn zeggen.

'Ja, goed.'

'Dus zal ik met je mee naar huis?'

'Ja.' Wacht even. Tijn wil mee naar haar huis.

Tijn houdt de deur van de klas open. Voor haar? Silvi stapt naar binnen.

Hij heeft gelijk. Ze kan maar beter met hem als publiek oefenen, want dat werkt bij haar het beste tegen de zenuwen. Zo doet ze dat met spreekbeurten ook altijd. Helemaal strak uit haar hoofd leren, dan hoeft ze niet na te denken tijdens de spreekbeurt zelf. Gewoon oprammelen. Het is waarschijnlijk dankzij al dat oefenen dat ze meestal een goed cijfer krijgt voor haar spreekbeurten. *Zelf iets voorbereiden werkt bij jou beter dan opletten*, had de juf gezegd.

'Silvi?'

'Ja! Goed. Vanmiddag.'

O wacht! Het speeltuinrondje. Het kijken-naar-Bo-kwartiertje. 'Maar loop maar niet gelijk mee, want ik moet nog even eh, bij Aniek langs.'

Tijn knikt. 'Dan kom ik om half vijf?'

'Ja.' Silvi trekt de deur achter zich dicht.

Is het heel erg van haar dat ze niet wil dat Tijn vanuit school gelijk met haar meeloopt naar huis? En dat ze niet wil dat iedereen ze dan samen ziet? De Nerd en BeugelSilvi.

Nee, maar dat is het niet. Ze wil gewoon niet haar woensdagmiddagrondje opgeven. Niet voor het oefenen van die suffe modeshow. En niet voor Tijn.

Na de pauze zijn de groepjes bezig met de kleren, het kasteel en er is nu ook een kookclub. Elk half uur wisselen groepjes kinderen elkaar af in de keuken om te helpen gerechten uit de middeleeuwen klaar te maken.

'Jullie zijn aan de beurt.' De moeder van Jelle komt Silvi, Juul, Bo en Tijn uit de klas halen. 'Kom maar mee naar de keuken. Hier zijn wat recepten van wat ze zoal in de middeleeuwen aten.'

'Gatver, ze aten ook zwanen!' roept Juul terwijl ze het papier in haar hand bekijkt.

'Echt?' zegt Bo. Hij leunt met zijn armen over elkaar tegen de ijskast. 'Vet.'

'Dat is toch zielig!' gruwelt Juul. 'Je eet toch niet zo'n mooie witte zwaan op.'

Bo haalt zijn schouders op.

'Sorry, maar het is net zo zielig als je een koe opeet,' zegt Tijn.

Juul schudt met haar hoofd.

'Helemaal niet,' zegt ze vinnig. 'Een zwaan is mooi.'

'Sorry, maar koeien zijn ook mooi,' zegt Tijn.

Bo proest.

'Koeien zijn groot en dik. Ik eet geen mooie beesten.'

'Dus een rat wel bijvoorbeeld?' vraagt Tijn.

Juul rolt met haar ogen.

Bo barst in lachen uit.

'Doe niet zo stom,' zegt Juul. Ze pakt een schort van het aanrecht en draait zich naar de moeder van Jelle. 'Kan ik helpen?' zegt ze lief glimlachend.

'Ja, pak dat mesje maar, dan gaan we appels schillen. Vandaag eten we geen zwaan.'

Silvi kijkt Tijn aan. Tijn zegt altijd wat hij vindt. Nerd of niet.

Na school haakt Aniek zoals altijd haar arm in die van Silvi. 'Zullen we na ons speeltuinrondje naar mijn huis gaan?'

Silvi trekt haar arm terug.

'Nee, ik kan niet.'

'Kan je alweer niet? Je hoeft toch niet weer naar de ortho?'

Silvi doet haar sjaal wat losser. Het ding zit veel te strak, het is benauwd zo.

'Nee, ik... ik kan niet.' Ze weet zo snel niks te verzinnen. Tijn komt langs hen lopen en steekt een hand op.

'Tot later!'

'Ja, tot eh, later.' Ze kijkt naar haar voeten.

'Die is vrolijk,' zegt Aniek. 'Maar vertel, wat ga je dan later vanmiddag doen?'

'Morgen is het wisseldag, dus mijn moeder wil dat ik vandaag nog even met haar iets eh, doe. Of zo.'

Silvi rukt haar sjaal van haar hals en wikkelt hem om haar linkerhand. Aniek is al de derde persoon deze week tegen wie ze liegt. Het is maar goed dat ze er allemaal toch niet achter zullen komen.

'Je ouders gaan er toch deze week weer over praten?'

'Ja, vrijdagavond. Mijn moeder komt 's avonds langs, als wij al naar bed zijn.' Niet dat ze kan slapen als haar ouders beneden op de bank zitten.

'Denk je dat ze weer bij elkaar komen?'

Silvi haalt haar schouders op. 'Weet niet.'

'Maar we doen toch wel ons speeltuinrondje?'

'Tuurlijk.'

'Kijk, ze zijn er al,' fluistert Aniek vlak naast haar oor.

Silvi ziet Bo net een draai maken om de half omhoog gebogen stalen plaat in de rechterhoek van het speeltuintje. 'Doorlopen,' sist ze terug. 'Anders is het net of we expres komen kijken.'

Aniek grinnikt. 'Nee, dat viel nog niet op, wou je zeggen? We komen hier al vier weken bij elke training.'

'Sssst!' Silvi ziet Bo hun kant opkijken.

Hij knikt.

'Hé Bo!' gilt Aniek door het hele speeltuintje. 'Hoe is het met het waveboardteam?'

'Wel oké.'

'Halen jullie de finale?'

'Zie wel.' En daar gaat hij weer.

Aniek elleboogt Silvi in haar zij.

'Zou wel vet zijn, hè? Dat wij in de klas zitten met een van de waveboardkampioenen van de provincie.'

'Mja.' Maar Silvi moet haar gelijk geven. Het is ook echt vet dat... o shit! Komt daar... ja, het is Tijn. Hij zit voorover gebogen over het stuur van zijn fiets en trapt hard, heel hard. Is het al zo laat? Ziet hij haar? Nee, misschien toch niet.

'Ik moet gaan. Zie je morgen.'

Ze kijkt zo nonchalant mogelijk opzij naar Aniek. 'Nu al?' zegt die. 'Maar we zijn hier net.'

'Nou, nee hoor, we lopen hier al een tijdje rond, volgens mij. Toch zeker wel tien of vijf... o weet ik veel. Ik moet gaan.'

Haastig draait ze zich om, en gaat richting huis. Om af te snijden neemt ze het pad achter de garages. Ze moet zorgen dat ze eerder bij haar huis is dan Tijn of hem in ieder geval niet té lang alleen in de handen laten van haar moeder, die natuurlijk weer allemaal gekke vragen gaat stellen. En Chris! Is Chris al thuis? Ze moet opschieten.

Op de hoek kijkt ze nog even over haar schouder. Aniek leunt tegen het bankje naast de waveboardbaan. Ze ziet haar niet. En Bo ook niet. Trouwens, ook al zou Bo haar recht in haar ogen kijken, dan zou hij haar nog niet zien staan.

Oefenen

Wat ziet ze nou... hij steekt zijn hand uit naar haar moeder! Nog nahijgend van het rennen voelt Silvi haar mond een beetje open zakken. Tijn staat in hun keuken en stelt zichzelf voor.

'Dag mevrouw, ik ben Tijn van Beek.'

Dag mevrouw? Silvi houdt een zucht in. Wat zou Bo zeggen als hij hier was? Yo, ik ben Bo. En zijn handen zou hij niet eens uit zijn zakken halen. Hm.

'Hoi Tijn, ik ben Silvi's moeder. Maar ik ken jou wel. Jij zit sinds dit jaar op Silvi's school. Ik herkende je alleen niet zonder bril.'

Silvi ziet nu ook dat Tijn geen bril op heeft.

'Heb ik alleen voor lezen nodig op school.'

'O ja. Jij was hier nog niet geweest, hè?

'Nee.'

'We wonen hier ook nog niet zo lang.'

'Ja.'

'Hoe is het met de projectweek?'

'Ja, dat is wel leuk.'

'En morgen met z'n allen naar een echt kasteel?'

'Ja.'

Silvi kijkt van links naar rechts, alsof ze een tennis-wedstrijd volgt.

'We gaan het presenteren oefenen,' zegt
Tijn. 'Van de modeshow.'

'De modeshow?' Haar moeder trekt een
wenkbrauw op en draait zich naar Silvi.

'Kom, Tijn,' zegt Silvi snel. Shit. Misschien had ze hem van te voren moeten
vertellen dat ze heeft gelogen tegen haar
moeder en of hij het spelletje mee kon spelen. Nee,
geen goed idee. Gewoon zorgen dat Tijn er verder zijn
mond over houdt en dan verzint zij vanavond eh, iets.

'Mam! Niet nu. We gaan oefenen. Ik leg het onder
het eten uit.' Ze knikt met haar hoofd schuin naar de
gang. 'Kom op, Tijn, we gaan naar boven.'

'Oké.'

'Silvi, neem wat te drinken mee. En een koekje!'

'Jaha.' Silvi grist twee glazen, de siroop en de koek-
trommel van het aanrecht. Met z'n tweeën lopen ze de
trap op en dan stapt Tijn haar kamer binnen.

Silvi blijft aarzelend in de deuropening staan. Zal ze de
deur dichtdoen of openlaten? Als ze de deur dichtdoet,
dan lijkt het misschien alsof ze hier iets doet waarvan
ze niet wil dat Chris of haar moeder het ziet. Laatst
heeft ze Chris nog een kussen naar zijn hoofd gegooid
toen hij zonder kloppen binnenkwam. 'Wat maakt
het nou uit? Je zit hier gewoon met Aniek te kletsen,'
had hij gezegd. 'Kloppen en wachten, Chris!' Hij had
haar uitgelachen en spottend gezegd: 'Dat is pas later
als je een vriendje hebt, hoor.'

Maar Tijn is haar vriendje niet. Tijn is *zo* haar vriendje niet. Als ze deur dichtdoet, dan denkt hij misschien… toch maar de deur openlaten.

Silvi blaast een pluk haar omhoog en draait zich om. En daar is probleem nummer twee. Want waar moeten ze gaan zitten? Tijn staat met zijn rug naar haar toe bij het raam, zijn rugzak nog om zijn schouder. Op het bed gaan zitten? Of aan haar bureau? Met Aniek zit ze altijd op haar bed, of liever gezegd, dan liggen ze op haar bed, zij aan zij, op de vele kussens.

Bed? Bureau? Bed? Bureau? Nee, ze ziet zichzelf niet zo snel zij aan zij met Tijn op haar bed liggen. Tussen paarse kussens. Shit, daar ligt haar knuffelbeer nog! Gauw schopt Silvi haar slaapbeer onder het dekbed. De glazen op het dienblad rinkelen.

Aan het bureau dan maar. O nee, ze heeft maar één stoel. Als zij nou op bed gaat zitten, dan kan…

'Ik ga hier zitten en dan kan jij daar staan. Dan is het echter. Vind je niet?' Tijn gooit zijn rugzak af, gaat aan haar bureau zitten en haalt een schrijfblok te voorschijn.

Ja! Ze trekt haar schouders even omhoog. 'Kan.'

Probleem opgelost.

'Wil je wat drinken?'

'Ja, lekker.'

Ze schenkt de siroop in, haalt bij de wastafel water en geeft Tijn een glas aan.

'Bedankt. Hoe is het met je beugel?'

'Gewoon.'

'En volgende week moet je weer, toch?'

'Ja. Hé, heb jij geen beugel?'

Tijn schudt zijn hoofd. 'Nee.'

'En hoef je er ook geen?'

Hij schudt weer.

'Waarom niet?' Ze kijkt Tijn met een schuin hoofd aan. Ze heeft nog nooit op zijn tanden gelet. Wordt hij nou rood?

'Eh, ik heb gewoon rechte tanden. Zit in de familie hoor! Daar kan je niks aan doen. Als je een beugel nodig hebt, bedoel ik. Sorry.'

Silvi glimlacht. 'Weet ik ook wel.' Tijn heeft inderdaad rechte tanden, zeg. Kaarsrecht en wit. Als in zo'n tandpastareclame. Hij zou eens wat vaker moeten lachen.

Tijn slaat zijn kladblok open. 'Kom, we beginnen.'

Silvi drinkt in een teug haar glas leeg. 'Yep.'

'Hier.' Tijn reikt haar een pen aan. 'Kun je doen of het een microfoon is.'

Silvi giechelt. Geen slecht idee.

Ze schraapt haar keel, houdt met één hand de pen voor haar mond en maakt een wilde zwaai met haar arm. 'Dames en heren...' Ze stopt en kijkt Tijn aan. 'Of moet ik zeggen "beste juffen, meesters en ouders" of zo?'

Tijn maakt een wegwerpgebaar. 'Veel te ingewikkeld.'

'Oké. Dames en heren, hartelijk welkom op de afsluitende projectmode eh...'

69

'Welkom op de modeshow van groep 8. Dit is de afsluiting van de projectweek.'

'Ja ja, precies. U krijgt eerst te zien eh... middeleeuwse boeren, nee wacht...'

'Het thema van de projectweek was de middeleeuwen.'

'Ja ja.'

'En dan zeg je welke groepen er komen. Hier.' Tijn geeft haar het lijstje aan. 'Ik heb opgeschreven wat je over de groepen kan vertellen.' Silvi pakt het aan en zucht.

'Jeetje Tijn. Kan jij het niet beter doen?'

'Ik? Nee, joh. Het gaat toch hartstikke goed?'

'Hm.'

'En jij moet het wel doen.'

'Hoezo?'

'Je bent toch vrijwilliger!'

Ze kijkt hem aan. Was dat nou een knipoog?

Dan barsten ze allebei in lachen uit.

Silvi laat de pen even zakken. 'Morgen gaat de juf beslissen wie wat aantrekt. Wat denk je dat jij wordt: boer of...'

'Ridder natuurlijk! Wat dacht jij dan!' Tijn grijnst. 'En ik denk dat jij prinses wordt.'

'Ik denk het niet,' zegt Silvi tegen de pen in haar hand. Ze giechelt weer. Iets in de toon van Tijn doet haar grijnzen. Hij zegt het niet spottend of pesterig, maar gewoon vrolijk. Als geintje onder vrienden. Gewone vrienden. 'Dat zal Juul wel worden. Die heeft al van dat mooie prinsessenhaar. Lang en blond.'

'O ja? Zullen we weer verder gaan?'

'Ja.' Silvi pakt de pen weer op. Zou het Tijn echt nog nooit opgevallen zijn dat Juul lang, blond en dus prachtig haar heeft?

Als ze een uur later Tijn uitzwaait, draait hij zich bij het tuinhek nog een keer naar haar om.

'Morgen weer oefenen?' vraagt hij.

Silvi verschuift haar gewicht van het ene been op het andere.

'Het is de laatste keer dat het kan,' dringt Tijn aan.

Shit, ja, dat is waar.

'Ja, goed.'

'Dan kom ik weer om vier uur hier, oké?'

'Nee, morgen is het wisseldag.'

'Wisseldag?'

'Ja, Chris en ik wisselen elke donderdag en zondag van huis. Mijn ouders wonen apart.'

Tijn knikt. 'Zijn ze gescheiden?'

'Nee! Eh, nog niet. Misschien helemaal niet. Ze wonen alleen even in andere huizen. Om het uit te proberen.'

'O ja.' Tijn houdt zijn hand aan het tuinhekje. 'Dan kom ik naar je vaders huis. Wat is het adres?'

'Vlasmanstraat 4.'

'Oké, later.' Hij zwaait even en loopt de straat uit. Tijn is vandaag dus al bij haar moeder thuis geweest en komt morgen dan ook nog in haar vaders huis. Pluspunt of minpunt? Tot nu toe is alleen Aniek bij allebei geweest. Maar dat is niet zo gek eigenlijk, want het is nog maar een paar maanden geleden dat haar moeder uit huis ging.

Tess & Marie, bedankt voor tips. Ik oefen tekst met jongen uit mijn klas. Gaat wel oké.

Ping! Tess is online.
Tess: hej!
Silvi kijkt op de klok boven het bureau. Kan nog wel even voor het eten.
Silvi: hej.
Tess: welke jongen?
Silvi: gwn uit de klas.
Tess: kom op! Hoe heettie?

Silvi typt Tijns naam en drukt dan gauw op de delete-knop. Stom, had ze bijna gezegd wie het was. Als Marie en Tess erachter komen dat… hoewel, waar achter komen? Silvi leunt tegen haar stoelleuning. Er is niks om achter te komen. Tijn kwam hier oefenen en dat was leuk. Gewoon leuk, zoals ze het leuk heeft met… met Aniek. Ja, dat is het. Er was een vriend op bezoek, op haar kamer. Nou en? En het maakt natuurlijk niks uit als ze zegt hoe hij heet. Het is niet alsof Tess of Marie morgen op de stoep staan. Die ziet ze pas weer in de vakantie. Als ze weer naar Frankrijk gaan. *Als* ze weer naar Frankrijk gaan.

Silvi: Tijn.
Tess: leuke jongen?

    Silvi neemt een slok water uit het glas naast de computer. Ze heeft het opeens zo warm. Zal wel van het oefenen komen.

Silvi: ja.
Tess: jij was toch op Bo?

Hoe legt ze dit uit? Ik was op Bo, dacht ik, maar nu ben ik op Tijn. Denk ik. Misschien.

    Nee! Ze schudt haar staart heen en weer. Ze kan toch ook gewoon niet verliefd zijn.

Silvi: ben op niemand.
Tess: ik ook niet.
Silvi: hebben jullie ook van die stomme rijtjes?
Tess: jaaaa.
Silvi: ik heb geen rijtje
Tess: ik ook niet.
Silvi: moet eten.

    Ze wacht niet meer op het antwoord van Tess en logt uit.

'Jullie hebben het zeker leuk gehad, want ik hoorde jullie steeds lachen.' Silvi's moeder schept op uit de pan met macaroni en geeft de borden door.

    'Ja.' Silvi neemt een hap.

    'Je hebt de hele week niet zo gelachen.'

73

'Jaha.' Maar dat komt door die stomme modeshow. En door haar nieuwe beugel.

Chris port met een vinger in haar zij. 'En... wat hebben jullie gedaan op je kamer? Hebben jullie gezoend?'

'Chris!' Silvi's moeder zwaait met haar lepel.

'Neehee!' zegt Silvi. 'Doe niet zo stom. Dat jullie het op de middelbare nou de hele tijd over zoenen hebben.'

'Maar jullie passen zo goed bij elkaar,' zegt Chris op een pesterig toontje.

Silvi prikt in haar eten. Hij bedoelt waarschijnlijk dat ze allebei saai zijn. Maar ze heeft toevallig vanmiddag meer lol gehad met Tijn dan ooit met... Bo bijvoorbeeld.

'Wat was dat nou met die modeshow?'

'O gewoon, dat hoort bij de projectweek.'

'Tijn zei iets over oefenen. Gaat hij de show presenteren?'

Ja! 'Ja. Klopt. Dat is het. Hij presenteert de modeshow en ik help hem met oefenen.'

Silvi's moeder knikt afwezig. 'Aardig van je. Jongens, hebben jullie nog wat nodig voor morgen? Voor in het... andere huis?'

'Nee, we hebben daar toch ook kleren,' antwoordt Chris. 'We hoeven alleen onze schooltassen mee te nemen.'

'Als jullie nou weer bij elkaar gaan wonen, dan kunnen

we al die dubbele kleren weer wegdoen,' zegt Silvi.

Haar moeder gnuift. 'Mm, dat zien we nog wel,' zegt ze zachtjes en ze schuift wat macaroni van links naar rechts.

Au! Silvi krijgt een schop van Chris tegen haar been geeft. Ze kijkt hem zo boos als ze kan aan.

Trring.

'Kan één van jullie opnemen, jongens?' Silvi's moeder wrijft over haar voorhoofd. 'Het is jullie vader.'

Chris staat op en loopt richting het toestel. Silvi laat haar tong maar weer eens langs haar slotjestanden gaan. Vroeger zei ze nooit 'jullie vader'. Toen heette hij nog 'papa'.

Ik ben geen prinses!

Stom dat ze nou precies vandaag haar sjaal is vergeten. Silvi trekt de kraag van haar jas omhoog. Brr, wat
waait het hier hard. Ze kan de wind gewoon horen
gieren. De hoge kasteelmuren worden er een beetje
spookachtig van.

'...honderden jaren oud! Dus je kan wel nagaan
hoe goed het gebouwd is,' zegt de gids. Ze staan met
heel groep 8, de juf en twee ouders in een halve kring
om hem heen. Voor hen is de loopbrug en daarachter
doemt het kasteel op.

Silvi hoort hoe zijn stem langzaam zachter wordt en
naar achteren verdwijnt. Haar ogen dwalen de rij af.
Daar staat Juul, met wapperende blonde haren. Silvi
stelt zich voor hoe ze eruit zal zien als ze de prinses-
senkleren aanheeft. Vast geweldig. Juul kijkt verveeld
naar de grond. Bo staat naast haar. Wat een verrassing. Met zijn handen in zijn zakken, zoals altijd en
zijn krullen zijn lang genoeg om ook een beetje heen
en weer te gaan door de wind. Zo met dat kasteel op
de achtergrond, is het net een ridder. Een ridder met
een waveboard. Hij kijkt kauwend naar rechts, langs
de groep kinderen.

Silvi rilt even. Ze hoorde iets op het weerbericht over een storm die eraan zat te komen. De zon schijnt nog, maar ze ziet in de verte zwarte wolken komen aandrijven. Gelukkig slaapt ze de rest van de week bij haar vader, in haar eigen, oude slaapkamer. Haar kamer is op zolder en daar loeit het altijd zo lekker langs de dakpannen als het stormt. Heerlijk geluid is dat, vooral als ze onder haar dekbed wegkruipt en haar ouders, haar vader dus nu, dan nog even langskomt voor ze gaat slapen. In het nieuwe huis van haar moeder slaapt ze aan de voorkant, naast de kamer van Chris. Een rotkamer.

Naast haar staat Aniek, die staat ook niet echt op te letten. Ze fluistert iets naar Silvi, maar ze kan het niet goed verstaan. Later, gebaart ze terug. Haar ogen gaan naar Tijn. Ja hoor, die kijkt vol aandacht naar de gids. Hij knikt af en toe. Silvi grinnikt. Als hij een kladblok mee had mogen nemen, dan had hij hier vast aantekeningen staan maken.

'…en daarna zal ik vertellen over wie hier vroeger woonde.'

Silvi krijgt een duw van Aniek. 'Kom op, we gaan naar binnen.'

'Ja?'

'We mogen tien minuten zelf door het kasteel rondlopen. Daarna verzamelen we in de ridderzaal.'

'O gelukkig, ik krijg het hier hartstikke koud.'

'We gaan een toneelstukje doen. Ik hoop dat ik mee mag doen.'

Silvi rolt met haar ogen. Niet hier ook al.

'Ik hoop ook dat jij mee mag doen,' zegt ze als ze het grindpad op lopen.

Ze strijkt met haar hand over de muur terwijl ze de smalle trap omhoogcirkelt.

'Het is daar pikkedonker, ik ga niet mee, hoor,' roept Aniek achter haar.

'Oké, dan zie ik je zo wel.' Wel spannend juist. En kijk, daar wordt het al lichter. Bovenaan is een kleine, nauwe gang. Silvi leunt tegen een raamopening en kijkt naar beneden. *Beste ouders en kinderen, het thema van de projectweek was de middeleeuwen. Het was ontzettend eh... leuk?* Nou nee. *We laten nu een middeleeuwse modeshow zien. Eerst komen de landbouwers.* Nee, eerst komen de boeren. Opnieuw. Silvi loopt de gang op en neer, op en neer. Als vanmiddag Tijn komt, wil ze haar tekst uit haar hoofd kennen.

Beste ouders, opletten nou, want hierrrrrr komt de modeshow!

Hm.

Zijn de tien minuten al om? Silvi staat stil en luistert. Het is doodstil, zo te horen is iedereen al ergens naar binnengegaan, waar was het ook alweer? De ridderzaal, maar waar? Ze bonkt met twee treden tegelijk de trap weer af, sjeest de lange gang door en trekt de eerste deur open die ze tegenkomt. Leeg. Achter in de kamer ziet ze nog een deur, hoog, met ijzeren versieringen erop. Ziet er erg belangrijk uit, vast iets voor een ridderzaal. Ze steekt de kamer schuin over en trekt aan de zware hendel. Allemachtig, was iedereen in de middeleeuwen supersterk of zo?

'... en dáár is onze prinses!'

Silvi staart in de ogen van de gids. Zijn wijsvinger prikt haar richting uit en achter hem begint iedereen te lachen.

Iedereen.

Silvi knippert en ziet alle ogen van heel groep 8 op haar gericht. En van de juf. En van de twee begeleidende ouders. En ze lachen allemaal. Vrijdag zal ze ook zo staan, voor een groep, nee een volle zaal, met al die ogen, in haar eentje achter een microfoon. Ze bijt hard op haar lip.

De gids klapt in zijn handen. 'Ik vertelde net over prinses Thérèse, die in dit kasteel op bezoek kwam en over ridder Frederik, die hier toen woonde. Even kijken, jij was de ridder...' Hij wijst naar Jelle. '...En jij bent...' Nu legt hij zijn hand op Silvi's schouder, '...de prinses.'

Silvi voelt haar maag een handstand maken. Nou moet iedereen daar eens mee ophouden!

'Ik ben geen prinses,' zegt ze zacht. Er klinkt gegiechel door de groep.

'Nee, je *speelt* dat je prinses bent.'

Een saaie en liegende prinses zeker. Plotseling gaat de woede als elektrische schokjes door haar lichaam.

'Ik wil ook geen prinses *spelen*.' Ze hoort zelf te laat hoe boos ze klinkt.

'Nou, hoor eens even,' begint de gids weer.

'Nee, horen jullie nou eens even! Ik ben geen prinses en ik word het ook nooit!' schreeuwt Silvi. Het echoot door de opeens doodstille ridderzaal.

Twee seconden gebeurt er helemaal niks. Iedereen staart naar Silvi en Silvi's ogen schieten van de gids naar Juul en dan weer naar de gids. Ze ziet uit haar ooghoeken dat de juf naar hen toe komt lopen en ze hoort ook dat de juf iets zegt, maar ze weet niet wat en ook niet of het wel tegen haar is gericht, want dan holt ze al weg. De zaal uit, de deur door waardoor ze naar binnen is gekomen. Ze weet niet waar ze heen rent, maar als het maar weg is van iedereen. Als ze op de gang is, hoort ze haar voetstappen weerkaatsen op de kille tegels.

Medelijden

'Silvi?' Anieks stem klinkt aarzelend.

'Is de juf nog boos?' vraagt Silvi. Ze zit naast de buitendeur, ineengedoken op haar hurken. Haar handen steken diep in haar zakken.

'Valt wel mee volgens mij. Ze vroeg of ik mee wilde helpen zoeken waar je was.'

'Is iedereen me aan het zoeken?'

'Nee, alleen de juf en ik. De rest moest in de ridderzaal blijven bij de gids.'

'O.' Silvi rilt. Het is hartstikke koud. Hoe lang zit ze hier al wel niet? Aniek trekt haar aan haar mouw omhoog.

'Kom. De juf wacht in de gang op je.'

Samen lopen ze weer naar binnen.

'Aniek...'

'Ja?'

'Sorry dat je door mij nu niet in dat toneelstukje kan spelen.'

Aniek proest. 'Pff, laat maar. Vond ik toch eigenlijk best stom. Met die suffe gids.'

Silvi steekt haar arm door die van Aniek. 'En bedankt dat je me kwam zoeken.'

'Graag gedaan. Als ik eens een keer ga schreeuwen tegen een volwassene waar de hele klas en de juf bij is en daarna naar buiten ren, mag jíj míj gaan zoeken.'

Ze moeten allebei lachen, dan duwt Aniek de hoge deur open. 'Kom.'

In de gang staat de juf met haar armen over elkaar. Ze knikt even naar Aniek. 'Loop jij maar weer terug de zaal.'

'Juf, sorry dat ik...' begint Silvi, maar de juf houdt haar hand als stopteken omhoog.

'Laat nu maar even, Silvi. We hebben het er straks nog wel over.'

'O.' Silvi kijkt naar de grond. Ze had een boze juf verwacht, niet eentje met iets in haar stem dat, ze weet het niet zeker, maar lijkt op medelijden. Ze heeft liever dat iemand boos op haar is, dat gaat tenminste snel over. Wanneer gaat medelijden over?

'Moet ik weer de zaal in?'

'Ze zijn zo klaar. Laten wij maar even hier wachten. Als ze zo terugkomen gaan we lunchen. Hier, ik heb je rugzak uit de zaal meegenomen.'

Ze pakt de tas aan van de juf. 'Bedankt.'

'Silvi, hoe is het thuis?'

'Welk thuis?' mompelt Silvi. 'Ik heb er twee tegenwoordig.'

'Dat weet ik.' De juf glimlacht naar haar en gaat zitten op een van de stoelen in de gang. Ze klopt op de zitting van de stoel naast haar. 'Zit.'

Silvi ploft naast haar neer. Het was dus inderdaad medelijden. Het saaie meisje heeft nu ook nog ouders die uit elkaar gaan. Misschien uit elkaar gaan. Laten we allemaal maar voorzichtig met haar doen en aardig zijn.

'Ze zijn niet gescheiden, hoor. Nog niet. Het is een proefscheiding.'

'Weet ik.'

Moet ze daarom de modeshow presenteren? Omdat de juf denkt dat ze dat graag wil en ze het mag doen omdat... ze haar zielig vindt? Silvi veegt over haar ogen. Straks komt de rest de gang op. Ze gaat hier niet zitten huilen. Daar komen ze al.

Silvi rommelt in haar rugzak.

De juf klapt in haar handen en vertelt iedereen dat ze hun meegenomen boterhammen kunnen gaan opeten.

Als Silvi even opkijkt, ziet ze alle ogen wegschieten. Iedereen doet erg zijn best haar niet aan te kijken.

Aniek ploft naast haar neer. 'Ik heb een gevulde koek mee. Delen?'

Silvi knikt.

'Gaat het?' Het is Tijn.

Silvi kijkt hem aan. Daar is dat medelijden weer.

'Ja.' Het liegen gaat automatisch tegenwoordig.

'Ja?'

'Jaha.' Ze neemt een grote hap van haar boterham,

kauwt en neemt een besluit. No way gaat ze vrijdag weer voor een groep staan. Iedereen heeft nu toch kunnen zien wat ervan komt.

In de bus terug blijft Silvi staan naast de stoel waar Juul net is gaan zitten.

'Juul.'

'Ja? Esther gaat hier al zitten. Sorry, maar dat hadden we op de heenweg afgesproken.'

'Dat wou ik niet vragen. Het gaat over morgen.'

'Morgen?'

'Wil jij nog steeds de modeshow presenteren?'

Juul gaat rechtop zitten. 'Tuurlijk. Maar...'

'Dan zeggen we het straks tegen de juf. Dat jij het gaat doen. Ik wil niet meer.'

Juuls wenkbrauwen gaan even omhoog. 'Zeker weten?'

'Ja. Jullie hadden gelijk. Jij en Bo. Jij kan het veel beter dan ik.' Ze knikt kort naar Juul en loopt naar de achterste rij en zakt op een stoel.

Terug in de klas moeten ze allemaal nog even in hun groepje gaan zitten.

'Morgenochtend de generale repetitie, jongens,' zegt juf Els. 'De journalist en de fotograaf zijn er de hele dag bij, dus gedraag je allemaal een beetje.'

Het gonst gelijk door de hele groep.

Juf Els loopt door de klas.

'Het modeldorp is bijna af, de kleding ook, de eetgroep weet wat ze morgen moeten doen en jullie…' Ze blijft staan naast het groepje van Silvi. '…zijn jullie ook klaar?'

'Yep,' zegt Bo onderuitgezakt op zijn stoel.

'We hebben de tekst bedacht en hebben een volgorde gemaakt,' springt Tijn bij. 'Van welke groep er als eerste opkomt. De boeren, de monniken en werklieden en zo.'

Silvi ziet Bo en Juul even naar elkaar grijnzen bij 'werklieden'.

'En daarna de hofdames en als laatste de ridder en prinses.'

'Heel goed.'

'Maar we weten nog niet wie welke kleren aantrekt.'

'Ik heb hier een lijst.' De juf zwaait met een papier. 'Die plak ik op de deur en dan kijken jullie allemaal *rustig* bij het naar buiten lopen. Tot morgen. Hé! Ik zei rustig!'

Haar laatste woorden verdrinken in het geschuif met stoelen, gepraat en gedrang voor de lijst met namen.

'Yes!' roept Aniek. 'Ik ben prinses! Juul, jij bent boerin.'

Silvi kijkt snel naar Juul. Die fronst, staat op en knipt voor Silvi's gezicht met haar wijsvinger.

'Kom op, we gaan naar de juf.'

'O ja. Ja.' Ze loopt achter Juul aan, en blijft naast haar staan bij het bureau voor in de klas.

'Juf, Silvi wil wat vertellen.'

O, Juul laat het aan haar over. Geweldig.

'Ja Silvi?'

'Eh, nou... over morgen, dat ik dus de presentatie moet doen, zeg maar. Dat dus...' Silvi bijt op haar onderlip. Help, ze kan alleen maar stamelen. Lekker bezig, hersens. *Rustig ademhalen.* 'Juul moet het doen, want ik kan het niet en ik wil het niet,' komt er achter elkaar uit.

'Tuurlijk kan jij het wel.' De juf lijkt niet onder de indruk. 'Jij doet het gewoon.'

Juul tikt haar even aan.

Silvi voelt paniek omhoog borrelen. Ze moet iets verzinnen wat de juf accepteert.

'Juf.' Ze buigt zich voorover naar het bureau en knippert wild met haar ogen. Komt er al een traan? 'Maar juf, ik moet de hele tijd aan mijn ouders denken...'

Het werkt. Ze ziet meteen de ogen van de juf smelten.

'Ach Silvietje...'

'Ja, en ik kan nu echt even niet op het podium staan. Straks krijg ik weer zo'n aanval als vanochtend.' Knipper, knipper. Ja hoor, ze voelt haar ogen waterig worden. Juf Els legt haar hand even op haar arm.

'Goed. Juul, neem jij het dan maar over.' Yes! 'En Silvi?'

'Ja?'

'Ik wil het hier graag nog met jou over hebben.'

Silvi buigt haar hoofd.

'Ja, juf. Na de projectweek?'

'Na de projectweek.'

Silvi bijt op de binnenkant van haar wang om een brede glimlach tegen te houden. Medelijden! Waarom heeft ze dat niet eerder ontdekt? Helemaal zo gek nog niet.

'Hoe vond je dat die jurk me stond?' Aniek loopt naast Silvi op weg naar huis.

'Geweldig. Een echte prinses.'

'Eentje uit de middeleeuwen dan. Máxima loopt niet in dat soort soepjurken.' Aniek giechelt. 'Maar maakt mij niet uit hoe ik er morgen uitzie. Als Juul maar geen prinses is.'

'Ja.' Silvi moet Aniek nog vertellen dat ze gelogen heeft. Eerst morgen maar doorkomen. En morgenavond Het Gesprek afwachten. En daarna vertelt ze Aniek alles eerlijk.

Echt. Bijna alles. Echt.

'Ik moet opschieten, want streetdance begint zo. Zie je morgen.'

'Ja, tot morgen.' Silvi steekt haar hand op als groet en slaat naar links af, naar het huis waar ze tot vorige maand nog zeven dagen per week woonde. Haar voeten volgen automatisch de juiste route.

Goed, het pluspunt van de dag: ze hoeft de modeshow niet te presenteren! Yes! De juf is er *zo* ingetrapt.

Nog een pluspunt: het is wisseldag, dus ze slaapt weer lekker in haar kamer onder de dakpannen. Twee keer yes!

Dan de minpunten: ze is in die ridderzaal afgegaan terwijl de hele klas toekeek. En dus ook Bo. En Tijn. Maar Tijn kwam vragen hoe het met haar ging. Dus dat is weer een pluspunt. Nog een minpunt: ze heeft moeten liegen om de juf zover te krijgen dat ze morgen niet op dat podium hoeft te staan. Leugen nummer hoeveel deze week?

Maar vrijdagavond is het allemaal over. Dan heeft ze ervoor gezorgd dat haar ouders geen ruzie hebben kunnen maken op school. Dan zullen ze bij Het Gesprek vrijdagavond alleen maar leuke dingen te bespreken hebben. Morgen zal haar minpuntenlijstje leeg zijn. Blanco.

Vlak voor ze het garagepad op loopt, hoort ze een fietsbel achter zich. Tijn! Silvi geeft zichzelf inwendig een schop. Ze is helemaal vergeten dat hij zou langskomen.

'Hoi.'

'Tijn! Hoi eh... Tijn.'

'Ah! Je weet mijn naam nog.' Hij grinnikt en stapt af.

 Weer geen bril, ziet ze. Silvi kijkt even naar binnen en ziet Chris door de ruiten naar haar grijnzen. Ze draait haar rug naar het raam.

'Tijn, sorry, maar we gaan niet meer oefenen van-middag. Het hoeft niet meer.'

'Nee?' Ze ziet hem even knipperen. 'O.' Hij schuift met zijn rechterschoen over het grind en knikt. 'Je hebt gelijk. Het gaat vast goed morgen en je kan het ook wel zonder met mij te oefenen.'

'Nee, dat bedoel ik niet. We hoeven niet meer te oefenen, want ik presenteer de show niet morgen. Juul doet het.'

'Júúl?'

'Ja, ik...' Ze zoekt koortsachtig naar een reden. Kom op, kom op. Maar opeens heeft ze geen zin meer om nog meer te liegen. Niet ook nog tegen Tijn. 'Ik durf het toch niet goed, Tijn. Ik vind het eng zo op zo'n podium met al die mensen die naar me kijken. Juul wil het graag en ze kan het vast heel goed.'

'O.'

'Sorry.'

'Sorry waarvoor? Ik denk dat je het heel goed had gedaan, maar als je echt zelf niet wil...'

'Ik wil het echt niet.'

'Oké. Nou, tot morgen.' Hij draait zijn fiets weer om.

'Ja, ik zie je morgen.' Als hij opstapt, legt ze haar hand op zijn stuur. 'En nog bedankt dat je me wilde helpen met oefenen.'

'Graag gedaan.'

Ze kijkt hem na terwijl hij de straat uit fietst.

'Papa!' Silvi vliegt in zijn armen.

'Hallo prinses.'

'Pap...' Ze duwt zich uit zijn omhelzing en probeert hem boos aan te kijken, maar hij trekt even aan haar staart en zegt 'ik weet het, ik weet het,' en dan neemt ze zich voor de honderdste keer voor het er later wel eens over te hebben.

Ze eten met z'n drieën aan de keukentafel. Haar vader vertelt over wat hij deze week gedaan heeft en Silvi probeert te luisteren en laat haar blik ondertussen langzaam door de vertrouwde keuken glijden. Het prikbord naast de ijskast is bijna leeg, de meeste briefjes en afspraken hangen nu in keuken nummer twee. Silvi ziet dat haar vader op de kale plek van de familiekalender een foto heeft geprikt. Een foto van hun laatste vakantie.

'...hoe laat? Silvi!'

'Wat?'

'Hoe laat moet ik morgen op school zijn?'

'De afsluiting begint om drie uur, papa. Er zijn allemaal lekkere hapjes, er komt een echte journalist en er is een of andere modeshow met kleren uit de middeleeuwen.'

Chris stoot haar aan. 'Dus je komt in krant!'

'Nou, dat weet ik niet hoor.'

'Ja, tuurlijk wel. Jij presenteert de modeshow toch!'

Silvi laat haar vork uit haar hand vallen. Wat!? Hoe weet Chris dat? Hij kan dat toch helemaal niet weten? Hij praat met niemand van haar vrienden en ze zitten niet meer op dezelfde school.

'Hoe weet jij... ?'

'Stond op je Hyves.'

Shit! Ze had de krabbels toch moeten verwijderen.

'Wat doe jij op mijn BFF-hyve?'

'Hoezo? Is het geheim of zo?'

'Wat leuk,' zegt haar vader. 'Ik ben benieuwd, hoor. Ik neem mijn fototoestel mee, o nee, er is al een fotograaf.' Hij grinnikt en dan gaan ze weer door met eten.

Dat wil zeggen, haar vader en haar broer gaan door met eten. Silvi niet. Ze voelt de keuken een beetje draaien terwijl ze strak naar haar bord probeert te blijven kijken. Deze dag heeft er opeens nog een minpunt erbij: haar vader verwacht dat ze morgen gewoon met een microfoon op het podium staat.

Hoe moet ze dat oplossen?

De oplossing

Ze kan geen hap door haar keel krijgen. Ze heeft de halve nacht liggen draaien en had zich nog zo voorgenomen om niet in slaap te vallen tot ze de oplossing had. Maar het was niet gelukt. Ze is uiteindelijk toch weggesuft en ze heeft niks kunnen verzinnen.

Niks.

En het is nu vrijdagochtend. Ze moet nu echt met een uitleg op de proppen komen.

Ik heb jullie scheiding gebruikt om onder iets uit te komen. Proefscheiding.

Nee.

Ik ben er achter gekomen dat het wel handig is als mensen medelijden met me hebben.

Nee!

Goed, de waarheid vertellen valt dus af. Maar wat dan? Misschien kan ze de juf vragen of ze toch nog..., nee zeg, die ziet haar aankomen. En als ze nou eens Juul lief aankijkt? Hm. Wat kan ze nog meer verzinnen?

Silvi hoort hoe Chris boven zijn boterham zit te klagen. Iets over hoeveel huiswerk hij wel niet heeft en hoe ver fietsen het is naar school. Haar vader drinkt koffie, leest de krant leest en zegt af en toe 'o ja'. Dan staat haar broer op en pakt zijn jas en tas.

'Ik ga.'

Haar vader kijkt op zijn horloge. 'Ik ga ook. Moet iets eerder weg, anders kan ik vanmiddag niet naar school komen. Ik zie je om drie uur, goed?'

O shit. Het is tijd om naar school te gaan.

'Ja,' piept ze. Dan moet ze op school maar iets verzinnen.

De hele dag staart ze naar de klok. Half negen, twee over elf, kwart voor drie. Waarom gaat de tijd opeens zo snel! Die wijzers zijn gewoonlijk niet vooruit te duwen, maar nu ze tijd nodig heeft, lijkt het wel of het een wekker is die ratelend afgaat. Tikketikketik.

Silvi voelt het zweet op haar rug prikken. Om haar heen loopt en praat iedereen door elkaar met kleren of eten.

'Goed!' De juf klapt in haar handen. 'Ik ga de voordeur opendoen voor de ouders. Blijf in het lokaal.'

Silvi wikkelt haar vlecht om haar wijsvinger.

Tijn, Bo en Juul zitten met z'n drieën te fluisteren, drie hoofden dicht bij elkaar. Silvi ziet ze knikken en opstaan.

'Sorry, maar we moeten even…eh, weg,' zegt Tijn.

Silvi buigt zich diep over haar bureau. Ze is hondsmoe. Gelukkig zit ze volgende week weer naast Aniek, rechts achter in de klas. Op haar gewone plek. En als

Het Gesprek vanavond goed gaat, dan wordt alles weer normaal en net zoals het was voor de projectweek. Alleen dan met beugel.

'Kijk, daar komen de eerste ouders al.' Jelle tikt op het raam. 'En ik zie jouw vader en moeder ook al, Silvi.'

Haar vader én moeder? Silvi staat zo snel op dat ze haar stoel omver gooit. Ze duwt haar neus tegen het raam. Jelle heeft gelijk. Tussen allerlei andere ouders komt daar haar moeder aanlopen.

Naast haar vader.

Precies zoals vorig jaar.

Silvi rent de klas uit en wurmt zich tussen de binnenstromende ouders de buitendeur door en het schoolplein op.

'Pap! Mam! Wat doen jullie hier?' Hijgend blijft ze voor hen staan.

'Dag prinses.'

'Houd daar toch eens mee op!' Haar stem galmt over het plein. Hier en daar kijken ouders naar ze om. Silvi ziet het wel, maar het interesseert haar opeens even niet.

'Silvi, waarom heb je tegen me gezegd dat er dit jaar geen afsluiting is met ouders?' vraagt haar moeder.

'Omdat... ik niet wil dat jullie er allebei zijn.'

'Waarom niet?'

Silvi rilt. Het is zo koud en ze is zo moe. Ze kan het opeens niet meer tegenhouden.

'Dan gaan jullie weer ruzie maken. Net als vorig jaar. En dat kan niet. Niet nu! Want vanavond... gaan jullie bespreken of...' Ze snikt en dan zijn haar vaders armen om haar heen.

'Silvi, heb je je daar zo'n zorgen om gemaakt?'

Ze kruipt tegen hem aan.

'We weten dat je het moeilijk hebt met de scheiding.'

'Próef.'

'Wat? Ja, proefscheiding natuurlijk. Maar je kan er altijd over praten met ons. Met mij en met mama. Dat weet je toch?'

'Hm.' Praten. Als ze nu ergens geen zin in heeft.

'En we maken vandaag geen ruzie. Beloofd.' Haar vader blikt even opzij naar haar moeder. 'We maken al een tijd geen ruzie meer, trouwens.'

Silvi's ademhaling wacht even. 'Kom je dan vanavond niet, mam? Gaat Het Gesprek niet door?'

'Tuurlijk kom ik vanavond. We kunnen toch ook gewoon zomaar praten? Over de vakantie bijvoorbeeld.'

Vakantie...? Yay! Misschien toch weer Frankrijk! Als Tess en Marie dit straks horen...

'Kom, dan gaan we naar binnen, prinses eh, Silvi.' Haar vader duwt een zoen op haar wang. Tussen haar ouders in loopt Silvi naar binnen. Ze kan een kleine huppel niet inhouden.

'Wacht. Mam, hoe ben je er achter gekomen dat er toch een afsluiting is?

'Dat vertelde papa toen we gisteren aan de telefoon zaten.'

Papa. Niet 'je vader'. En ze zaten met elkaar aan de telefoon toen zij al naar bed was, niet het gewone hoe-was-je-dag-belletje naar haar of Chris. Dat gaat bovenaan op haar pluspuntlijst.

Silvi haalt diep adem en duwt de deur open. Dit probleem is opgelost.

Haar moeder knijpt in haar hand. 'Ik ben zo benieuwd naar de presentatie, schat.'

Wacht. Shit.

Ze verwachten nog steeds dat zij straks op het podium staat.

'Wij gaan vast zitten, tot zo.' Haar ouders slaan linksaf de gang in.

Ze leunt tegen de muur.

'Silvi.'

Met een schok staat ze weer rechtop. De juf staat naast haar.

'Ik was even aan het nadenken,' mompelt Silvi.

'Met je ogen dicht?'

'Ja...?'

'Kun je even meekomen?'

'Oké.'

Ze loopt achter de juf aan, de klas uit en de gang op. 'We gaan naar de lerarenkamer.'

'Ja.' De lerarenkamer? Dat is alleen voor als je straf krijgt en juf Els zó serieus met je wil praten dat ze helemaal naar een aparte ruimte gaat om je op je kop te geven. Vorige week moest Jelle nog mee. Hij kwam er pas na een kwartier weer uit, met een knalrood hoofd. Ze hadden juf Els in de klas kunnen horen.

Silvi bijt op haar lip en duwt de deur open.

'Wat doen jullie hier?'

Aan de grote tafel zitten Tijn, Juul en Bo. Wat is dit? Krijgen ze alle vier op hun kop?

'Ga maar even zitten.'

Silvi schuift aan, de juf naast haar.

'Tijn heeft een idee. Tijn, zeg het maar.'

'We dachten dat we het ook met z'n vieren kunnen presenteren.'

Wat?

'Ik weet wel dat je het eng vindt om te doen, maar ik dacht, als we nou met ons hele groepje op het podium staan, dan vind je het misschien wel leuk?'

Silvi weet niet waar ze moet kijken. Bo en Juul kijken haar aan, Tijn ook, de juf ook. Ze moet nu wat zeggen.

'Met z'n vieren?'

'Ja, dan staan er twee links en twee rechts op het podium. En tussen ons komen ze dan op. De andere kinderen, bedoel ik.'

'O...'

'Waarom niet?' zegt Bo. Hij haalt zijn schouders. 'Ik vind het wel een goed plan.'

'Ik ook,' zegt Juul. 'We moesten toch met ons hele groepje de modeshow regelen? Nou dan.'

Silvi zakt langzaam onderuit.
Haar benen zijn opeens van elastiek geworden.

'Ik... ik... vinden jullie dat echt?'
Ze knikken alle drie.

'Maar Juul, jij wou het toch alleen doen?'

Juul heeft opeens rode wangen. Silvi kan het niet geloven. Kan Juul blozen?

'Ja, maar ik vind dat Tijn gelijk heeft. Met z'n allen is toch ook leuk om te doen.'

Wow.

'Zeg maar ja, Silvi,' hoort ze opzij juf Els zeggen.

Silvi kijkt van Juul naar Bo naar Tijn. Dit heeft Tijn verzonnen! En Juul en Bo vinden het goed. En haar ouders zitten naast elkaar in de zaal.

Als dit allemaal achter de rug is, gaat ze iedereen de waarheid vertellen.

Bijna iedereen.

En bijna de hele waarheid.

Echt.

'Ja! Ik vind het een topidee. Bedankt, Tijn. En jullie ook bedankt, Bo en Juul.'

Mister Cool mompelt 'yo' en Juul glimlacht naar haar. Zo'n echte glimlach ziet Silvi, eentje die ze ook in haar ogen kan zien.

Silvi kan niet wachten om later vanmiddag haar hele BFF-hyve vol te krabbelen. 'Laten we gaan!'

Ze staan tegelijk op.

Opletten!

Silvi dwaalt vaak af met haar gedachten. Vind jij opletten ook lastig? Dan zijn hier wat tips:

1. Opletten lukt alleen als je goed wakker bent. Ben je slaperig? Heb je de halve nacht liggen woelen? Vergeet het dan maar. Vraag dan liever aan de juf of je even op de gang een dutje mag doen.
2. Haal alles weg dat kan storen. Stop je mobiel in je tas, leg alleen je schrift of papier op tafel waar je op moet schrijven. Stoort je buurvrouw? Zeg dat ze haar mond moet houden. Jullie kletsen in de pauze wel verder.
3. Kijk naar het gezicht van degene die praat. Haal je ogen er niet vanaf, want dan gaan ze dwalen en zeg dan maar 'dag' tegen je concentratie.
4. Knijp jezelf af en toe in je arm. Au! Maar het helpt wel. Het is of je hersens weer even op scherp worden gezet.
5. Let niet te lang op. Dat houd je toch niet vol. Wissel goed opletten af met even iets anders. Zeg dat je even moet plassen.
6. Als het koud is, kun je beter opletten. Dus trek die warme trui uit en vraag of het raam open mag.

7. Beloof jezelf iets als beloning als het je lukt vandaag goed op te letten. Iets lekkers bijvoorbeeld. Neem het mee, zodat je weet waar je het voor doet.

Is het mislukt? Heb je geen idee waar de juf/je oma/de tandarts het over had omdat je weer eens niet hebt opgelet?

1. Gewoon gokken. En langzaam praten, dan verbetert iemand je wel halverwege je eerste zin. 'Zeg, dat ging toch over de middeleeuw...' 'Nee, over de oertijd.' 'Ja, dat zeg ik, de oertijd.'
2. Vraag na afloop aan een vriendin die er ook was, waar het over ging en schrijf het gauw op.
3. Of loop naar de juf/oma/tandarts en zeg: 'Interessant zeg. Kunt u daar nog meer over vertellen?' Dan praat ze je wel bij en scoor je nog punten ook voor zogenaamd extra opletten!

'Dames en heren...'
Silvi had helemaal geen zin om de modeshow te presenteren. Krijg jij ook al pijn in je buik bij het idee van een zaal vol mensen die je aankijken?

1. Oefen wat je wil zeggen. En vraag of een vriendin je daarbij helpt. Of je vader of de bakker of zo.
2. Ga vlak voordat je opmoet nog even plassen. Het praat niet lekker als je van het ene been op het andere wipt, omdat je het bijna niet meer houdt.
3. Zoek een punt in de zaal uit waar je naar kijkt. Naar iemands stoelleuning of jas bijvoorbeeld. Nu

juist niet in iemands ogen kijken! Daar krijg je alleen maar de slappe lach/de zenuwen van.

4. Probeer van tevoren of de microfoon het wel doet. Zo irritant als je om hulp moet vragen terwijl iedereen wacht tot je eindelijk ook eens begint.

5. Haal rustig adem, want anders krijg je nog de hik. Door je neus in en door je mond uit.

6. Vergeet punt 1 tot en met 5. Ouders en opa's en oma's vinden namelijk toch alles wat je op een podium doet Ge-Wel-Dig! Of je nou stamelt of rood wordt of van het toneel afdondert. Maakt niks uit. Wedden dat ze al klaarzitten met camera en zakdoeken?

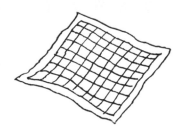

Word ook best friends,

met Silvi,
Marie
en Tess!

Vriendinnen voor altijd?
Hier vind je alles:
http://bfforeverxx.hyves.nl

En word vrienden met Silvi op
http://silviv.hyves.nl

Best
Friends
Forever

Lees ook:

Marie

Joke Reijnders

De rol van je
dromen

Marie ademt musical. Vier keer per week gaat ze naar haar musicallessen en oefent ze voor de eindopvoering.

Maar als Luna op het toneel verschijnt, verandert alles. Vanaf dag één maakt ze Marie het leven zuur. Ze zorgt er zelfs voor dat Marie van de toneelschool dreigt te worden gestuurd. Gelukkig heeft ze haar beste vriendinnen Silvi en Tess nog.

Ondertussen droomt Marie van de hoofdrol in de eindmusical, maar dan moet ze eerst auditie doen. En dat betekent solo zingen. Durft ze dat?

Het volgende boek gaat over mij!

Yes! Ik ben Tess! Ik hou niet van paarden en ik haaaat roze. Zo, dan weet je dat meteen maar. Wat ik wél leuk vind? Skaten, waveboarden, stoere sieraden maken. En chillen met De Chicks natuurlijk. Als ik daar tenminste bij mag komen. Ik hoop het wel, want het is vet lachen met die club. Wat je daar allemaal voor moet doen? We hebben allemaal vet geheime plekken in de buurt. Wat we daar doen? Ja zeg, dat weten alleen de chicks. En mijn beste vakantievriendinnen. En... jij?

Tess